走，去唐朝住一晚

——— 唐朝篇 ———

古代人日常生活的
好玩指南

云葭 著

图书在版编目（CIP）数据

走，去唐朝住一晚 / 云葭著 . -- 北京：北京联合出版公司，2025.5. -- ISBN 978-7-5596-8271-0

Ⅰ . D691.93-49

中国国家版本馆 CIP 数据核字第 2025EC6986 号

走，去唐朝住一晚

作　　者：云　葭
出 品 人：赵红仕
选题策划：肖　恋
出版统筹：吴兴元
责任编辑：牛炜征
特约编辑：张　甜
营销推广：ONEBOOK
装帧设计：昆　词
装帧制造：墨白空间

北京联合出版公司出版
（北京市西城区德外大街 83 号楼 9 层　100088）
北京盛通印刷股份有限公司印刷　新华书店经销
字数 100 千字　889 毫米 × 1194 毫米　1/32　6.75 印张
2025 年 5 月第 1 版　2025 年 5 月第 1 次印刷
ISBN 978-7-5596-8271-0
定价：55.00 元

后浪出版咨询(北京)有限责任公司　版权所有，侵权必究
投诉信箱：editor@hinabook.com　fawu@hinabook.com
未经书面许可，不得以任何方式转载、复制、翻印本书部分或全部内容。
本书若有印、装质量问题，请与本公司联系调换，电话 010-64072833

自　序

前几日与朋友聊天，他们对我感慨："好快啊，一转眼'挑战古人'系列你已经写到唐朝了！"确实，不知不觉这四年间，"挑战古人"这个系列已经完成了从北宋到南宋再到唐朝的过渡。回想起最初只是尝试性地想写一本不一样的、轻松的历史科普读物，这个系列能顽强地走到现在，获得这么多读者的喜爱和催更，实在是令我意外且惊喜。也正因为大家的喜爱与支持，"挑战古人"系列才有了2、3、4，未来还会有5、6、7……

这次的唐朝系列和宋朝系列一样，依旧是以生活在盛唐时期的几位青年男女为切入点，通过他们的视角，从他们日常的衣食住行、吃喝玩乐、礼仪习俗等方面，为大家缓缓展开一幅唐朝人的生活画卷。人物是虚拟的，生活却是真实的。大家可以大胆地把自己当成她或他，只要你愿，在翻开这本书的这一刻，你就是一个货真价实的唐朝人，你可以跟着书中文字，去唐朝住上一年，沉浸式体验唐朝的烟火气。不论你是世家的娘子或郎君，还是在东西市做买卖的店铺掌柜，你总能看到唐朝生活的不同面。

在这里，你会看到唐朝的长安城是对称式的城市布局，中轴线朱雀大街把长安的一百零八坊一分为二，东西各五十四坊，东西各一市，即大名鼎鼎的东市和西市。可能大家会问：坊是什么？你们可以把它理解为唐朝的小区，是百姓们居住的地方。长安城内的十二条主干道把这一百零八坊分割得整整齐齐，所以白居易会这样描述长安："百千家似围棋局，十二街如种菜畦。"

在这里，你可以穿着襦裙或胡服，去东市和西市逛街，去曲江郊游，去乐游原看日落。你也可以去胡姬酒肆点一杯葡萄美酒，配上好吃的胡饼和樱桃饆饠，豪迈的胡儿在一旁吹筚篥，美丽的胡姬跳起胡旋舞，让你在中原也能感受到浓郁的异域风情。因为丝绸之路的兴盛，也因为大唐盛世的包容，胡文化走进了唐朝的角角落落，使得长安成了一座汉人和胡人杂居的国际化大都市。

在这里，你会发现身边很多人会写诗！毫无疑问，大唐最大的特色之一就是唐诗。毕竟，这里是诞生了李白、杜甫、王维、白居易等一大批优秀诗人的文化沃土。说唐朝，怎么能不说唐诗？怎么能不说唐文化？所以当你来到这里，何不入乡随俗，吟诵几句诗歌，做一个地地道道的唐朝人呢？

作为一名华夏儿女，我们大多数人可能都会对唐朝这样一个盛世产生好奇，并心向往之。那么，大家就把这本书当作一个契机吧，让它带领大家去唐朝住一年。眼睛抵达不了的地方，文字可以，心也可以。

2024 年 7 月 15 日

云葭　于敦煌

目 录

大唐衣冠 …………………………………………… 1

美妆美发 …………………………………………… 15

寒食节 ……………………………………………… 27

音乐 ………………………………………………… 37

舞蹈 ………………………………………………… 49

酒和酒宴 …………………………………………… 59

香之道 ……………………………………………… 71

端午 ………………………………………………… 83

养宠物 ……………………………………………… 95

避暑纳凉 …………………………………………… 107

喝茶吃茶 …………………………………………… 119

美食 ………………………………………………… 129

娱乐游戏 …………………………………………… 141

水果 ………………………………………………… 153

婚礼 ………………………………………………… 165

新年	175
番外一	187
番外二	192
番外三	198
附录	205

出场人物介绍：

崔十三娘：
长安官宦人家崔家的小女儿，出身于唐朝"五姓七望"中的博陵崔氏，家族中排行第十三，故称"十三娘"。资深香道爱好者，喜欢焚香、煎茶、弹箜篌、打双陆。

崔五娘：
崔十三娘的姐姐，家族中排行第五。擅长骑马、打猎、下棋、弹琵琶。性格爽朗，向往自由，喜欢养猞猁。

崔九郎：
崔十三娘的哥哥，家族中排行第九，国子监在读学生，喜欢抚琴、画画。

杨二郎：
崔家兄妹的远房表哥，出身于隋朝宗室弘农杨氏，在朝为官，任国子监丞。文化水平高，是绘画高手。

VI 走,去唐朝住一晚

曹四娘:
在长安西市经营酒肆的胡人女子,中亚地区曹国人,家族中排行第四,长安人称曹四娘,和崔家姐妹是好朋友。擅长跳胡旋舞。

王十一娘:
官宦人家女子,出身于"五姓七望"中的太原王氏。长安城出了名的美人,喜欢华丽的装扮,人称"长安富贵花"。

李十一郎:
崔九郎的同学,国子监学生,出身于"五姓七望"中的陇西李氏。

裴三郎:
崔五娘的未婚夫,出身于河东裴氏,家族中排行第三。

大唐衣冠
一

我是唐朝人，一般穿什么

趁着天气好，曹四娘要赶早去趟崇仁坊，给住在那儿的崔侍中家里送酒。

曹四娘是一位年轻的胡人女子，老家在中亚地区的曹国。一年前，她和哥哥姐姐跟着粟特商队来长安谋生，如今在西市开了一家酒肆。胡姬酒肆是西市最亮丽的一道风景线，那里有很多美丽的胡女，她们的工作内容除了沽酒，还包括给客人提供歌舞乐器表演，以此招揽生意。

到了崔宅门口，曹四娘碰见了外出归来的崔九郎。崔九郎是崔侍中的孙子，在家族中排行第九，他的朋友们喜欢喊他"崔九"。崔九郎的妹妹崔十三娘是个漂亮的小姑娘，兄妹二人经常去西市逛街，和曹四娘是相熟的朋友。"曹四娘"这个称呼，最开始就是从崔十三娘口中喊出来的，久而久之大家就都这么叫她了。

唐朝时期，人们喜欢以姓氏加家族排行的方式来称呼对方。比如王维的《送元二使安西》，意思是送他的朋友元二出使安西，"元二"即元家的老二。又如，大诗人李白被叫作李十二，元稹又叫元九，韩愈叫韩十八，高适人称高三十五。但是要注意，可不是因为高适的爸妈生了三十五个孩子,他才叫高三十五。家族排行指的是整个家族中的同辈排行,包括叔伯家的孩子,即堂兄弟们。

不仅男子之间以这样的方式互相称呼,女子也一样。比如杜甫的《观公孙大娘弟子舞剑器行》,这里的"公孙大娘"绝对不是"公孙大妈"的意思,而是指"公孙家的大女儿"。公孙大娘是唐朝非常有名的舞蹈家,擅长舞剑器。

崔九郎看见曹四娘和她身后推着车的仆从,猜到是他前几日订的酒到了。他主动打招呼:"四娘上午好呀,麻烦你亲自送一趟酒,谢谢啦。"

"咱们都是老朋友啦,客气啥。"

曹四娘笑着打量几眼崔九郎,只见他穿了一件白色圆领袍衫,身系腰带,头戴幞头,脚踩乌皮六合靴。那身衣衫一看就是用上好的丝绸做的,价格应该不便宜。她夸了句:"九郎今天这身衣服真好看,衬得你很精神,简直就是长安城最帅的郎君呀。"

这句夸奖让崔九郎很受用,他张开手臂给曹四娘展示了一下:"前不久在东市的铺子里定做的,刚取回来。今天我爷爷生日,所以我特地换了新衣服!"

"原来今天是崔侍中的生日呀,怪不得你订这么多坛酒呢。祝崔老生日快乐,如南山之寿,不骞不崩!"

闲聊之际,崔九郎让家里的仆从帮着一起把酒搬去储藏室,准备晚上生日宴的时候用。他们进院的时候,崔十三娘兴冲冲地迎了上来,她打扮得花枝招展,一看就心情很好。

曹四娘好久没见崔十三娘,她非常开心:"十三娘今天真漂亮,是为了爷爷的生日宴特地打扮的吧?"

"对呀,好看吧!"崔十三娘笑着转了个圈,给曹四娘展示她的新衣裙。她穿了一身齐胸襦裙，上身是浅绿色团花短衫，下身是大唐流行时尚单品——石榴裙，肩上还搭着一条鹅黄色的披帛。

曹四娘赞不绝口，她们相约找时间一起去崔十三娘做衣服的那家店再逛逛，搞它几件流行款！

三人笑着交谈了会儿，听见门口有声音传来。他们一看，原来是崔侍中回来了。他刚下朝，身上穿着紫色的朝服，虽年事已高，但神采奕奕，精神绝佳。

曹四娘疑惑："之前我见到的官员都穿红色和绿色官服，还是头一次见着穿紫色的呢。"

"因为我爷爷是门下侍中，侍中在我朝属于宰相职位，位列正三品。我朝规定，三品及以上官员穿紫色朝服，四品和五品官员穿红色，六品和七品官员穿绿色，七品以下官员穿青色。"

听崔十三娘说完官服颜色分类，曹四娘感慨："不愧是大唐，连官员的朝服颜色都分这么细。学到了！"

这时，崔十三娘的爸爸崔舍人也下朝回家了。曹四娘见他穿了身红色的官服，心想，崔舍人应该是四品或五品官员。有了颜色区分，确实方便辨认官员品级。她正要开口问，崔九郎先一步说："我爸的官职是中书舍人，正五品，所以他穿红色朝服。"

紧接着，又进来一位穿绿色官服的男子。崔九郎一看，介绍说："这是我表哥杨二郎，当朝国子监丞，从六品官，你看他的官服就是绿色的。哦对，我是国子监的学生，杨二也是我领导，他应该是来找我的，我先失陪了，再见！"

曹四娘觉得崔家人今天应该会很忙，她笑着向崔十三娘道别："你们快去准备崔老的生日宴吧。我先回去啦，改天有时间一起逛街去。"

6　走，去唐朝住一晚

"好嘞，改天见。"

春风和煦，二人笑着作别。

小知识：

1. 曹国是隋唐时期西域昭武九姓之一，位于今中亚一带。在大唐生活的曹国人一般以"曹"为姓，唐玄宗的妃子曹野那姬就是曹国献上的胡女，生有一女寿安公主，见《新唐书·诸帝公主》："寿安公主，曹野那姬所生。孕九月而育，帝恶之，诏衣羽人服。"

2. 《旧唐书·舆服》记载："其常服，赤黄袍衫，折上头巾，九环带，六合靴，皆起自魏、周，便于戎事。自贞观已后，非元日、冬至受朝及大祭祀，皆常服而已。"大致意思是，（唐太宗）常服是黄色袍衫、幞头、九环腰带、六合靴，这样的打扮源自魏周时期。贞观年间以后，只要不是大型活动，太宗都穿常服。这也是大唐男子的日常衣着，"折上头巾"即幞头，六合靴即乌皮六合靴。不过普通人不能穿黄色，黄色在唐朝是帝王专用颜色。

3. 石榴裙是唐朝女子最流行的服饰之一，颜色如石榴花一般鲜红，故作此名。武则天在《如意娘》中就有写道："不信比来长下泪，开箱验取石榴裙。"

4. 唐朝官员的朝服要求，见《旧唐书·舆服》："文武三品已上服紫，金玉带。四品服深绯，五品服浅绯，并金带。六品服深绿，七品服浅绿，并银带。八品服深青，九品服浅青，并鍮石带。庶人并铜铁带。"

5. 穿紫色朝服的在唐朝属于高级别官员，如李白在《答王十二寒夜独酌有怀》中写道，"君不能学哥舒横行青海夜带刀，西屠石堡取紫袍"，这句诗用的就是大唐名将哥舒翰凭借石堡城之战的军功，成了穿紫袍的高官这一典故。

春游踏青，如何穿出时尚感

又到了一年一度的阳春踏青日，崔十三娘和哥哥崔九郎、姐姐崔五娘相约去曲江游玩。为了做人群中的显眼包，姐弟三人都打扮了一番，他们各骑一匹马，开开心心地朝曲江出发了。

崔九郎和崔十三娘不约而同穿了胡服，英姿飒爽的崔五娘则是一身男装打扮。他们这么穿，一来方便骑马，二来也是为了追赶时尚潮流。

大唐盛世，商贸发达，西域的胡人们源源不断地沿着丝绸之路前往大唐疆土，在长安洛阳等地经商、定居。他们带来的西域文化深深影响了唐人，久而久之，穿胡服、吃胡饼、跳胡旋舞……这些都成了唐朝的风尚。再者，李唐皇室有胡人血统，唐高祖李渊的母亲独孤氏是北周时期的贵族，鲜卑人。皇室子弟对胡文化的热爱和推崇也影响了民间审美，走在唐朝大街上，随处可见穿胡服的男男女女。

崔十三娘的这身胡服是上次生日时姐姐崔五娘送她的，今天她第一次穿出门。这是一身浅红色的胡服，胸前紫色的衣领外翻，领口绣了精美的金色花纹。胡服和汉人女子常穿的襦裙不一样，束腰窄袖，适合运动或骑马时穿。

崔五娘对这身衣服很满意,忍不住夸赞:"我的眼光真好,妹妹你穿这件胡服不仅英气十足,还显得身材玲珑有致。"

确实,胡服配腰带,可以勾勒出女子美好的身材曲线。崔十三娘很喜欢,说:"过阵子我要去跟曹四娘学跳胡旋舞,我就穿这身衣服去,一定很好看。"

崔九郎附议:"胡服配胡旋舞,再来一杯西域的葡萄美酒,最好是用夜光杯盛酒喝,简直绝配!"

"九郎你这身胡服也很好看。"崔五娘转而夸弟弟,"平时见你穿袍衫比较多,但我觉得胡服好像更适合你。"

"姐姐说得对。看来,我的衣柜里要多添几件胡服了。"

崔十三娘又说:"姐,虽然我觉得你穿襦裙最好看,但是男装的你有种不同寻常的帅气感。下次我也要试试男装。"

"穿男装出门方便。改天我带你去东市量身定做几身。"

不要觉得奇怪,唐朝女子穿男装可不是突发奇想,和穿胡服一样,那也一种女性服饰风尚。现如今所说的中性风,其实是老祖宗玩剩下的。

众所周知,唐朝风气开放,唐朝女子崇尚自由,这种对自由的追求从精神上也延伸到了穿衣打扮上。唐朝画家张萱在他的代表作《虢国夫人游春图》中就画了几个男装侍女,她们穿着圆领袍衫,头上包裹着幞头,除了面部妆容,其余打扮与穿常服的男子一般无二。此外,陕西乾县出土的永泰公主墓壁画中也画有男装侍女。

崔家姐弟抵达曲江时,那儿已经聚集了许多前来踏青的男女,有的骑马赏花,有的散步说笑,十分热闹。这些年轻人中有穿胡服的,有穿襦裙、袍衫的,衣服的颜色花纹也各色各样,应有尽有。

一位穿着红色罗裙的女子看见崔家姐妹,笑着过来打招呼:"五

(唐)张萱《虢国夫人游春图》(赵佶摹本)

娘,十三娘,好巧啊!"

崔五娘回头一看,原来是王家的十一娘,长安城里出了名的美人。

"是十一娘啊!你今天好漂亮,这身衣服太吸睛啦,简直像仕女图中的女主角。"

王十一娘今天穿的是唐朝妹子们必备的低胸襦裙,外罩一件浅色团花纹长衣,手臂上还搭了一条长长的橘色披帛。她体态丰腴,酥胸半露,尽显风情。

在唐朝,女生穿低胸襦裙再正常不过,绝不会有人说她们有伤风化。唐朝画家周昉《簪花仕女图》中的贵妇人就是低胸襦裙加宽袖

长衣的装束。

女孩子见面总是话多,崔五娘、崔十三娘和王十一娘你一言我一语,聊得不亦乐乎。崔九郎半天插不进话,只好去找他的朋友们玩去了。恰好他们班的男同学也都来曲江春游了,他老远就看见了河边穿胡服的一群男青年。为了方便骑马,他们清一色穿了胡服外加乌皮六合靴,帅得很显眼!

路边,一个刚从马车上下来的女孩看见崔十三娘,喊了她一声。崔十三娘循声望去,只见那女孩穿着胭脂红的短衣,下身是青色长裙,不过她戴了一顶帷帽,看不清脸。

崔十三娘问王十一娘:"那个戴帷帽的姑娘是谁啊?她刚才叫我,

(唐)张萱《捣练图》(赵佶摹本)

听声音有些耳熟。"

"我也觉得她的声音听起来有些耳熟,好像是卢家的七娘。她比较内向,平时出门都喜欢戴帷帽挡着脸。"

帷帽的形状类似于斗笠,帽檐四周有一层薄薄的纱,可以遮挡住面容。路过的人从帷帽外面看不清里面,但是从里面看外面却是一清二楚的。大户人家的女子有时不愿让外人看见相貌,就喜欢戴帷帽出行。这种帷帽在唐朝也曾流行过一段时间,尤其是高宗永徽年间以后。

戴帷帽的女孩把帷帽摘下递给了侍女,果然是卢七娘。她加入到春游队伍里,大家很快开启了新一轮话题。

当然,绫罗绸缎是富贵人家的穿着,唐朝的平民百姓一般穿葛麻布做成的衣服。由于葛麻织的布比较硬,做衣服穿之前要用棒槌反

复捶打,这一过程被称为捣衣。

唐朝三百年间,流行的服饰不断变化,襦裙、胡服、帷帽等等,都只是其中一二。唐朝人爱时尚,不论是什么样式的衣服,他们总能做出最合时宜的搭配。每年阳春三月,在曲江边都可以遇见穿着时尚的唐朝少男少女们。

三月三日天气新,长安水边多丽人。

小知识:

1. 唐朝人爱穿胡服,不论男女,不分贵族庶人,如《新唐书·五行》记载:"天宝初,贵族及士民好为胡服胡帽,妇人则簪步摇钗,衿袖窄小。"

2. 1960年陕西乾县永泰公主墓出土了一尊三彩胡服女骑俑。这位唐朝女子身穿绿色大红翻领胡服，束腰带，穿皮靴，骑一匹壮硕的马。这反映了唐朝女子穿胡服骑马的日常。
3. 唐玄宗天宝年间，女子着男装现象十分普遍，如《中华古今注》记载："至天宝年中，士人之妻，著丈夫靴、衫、鞭帽，内外一体也。"
4. 帷帽在唐高宗永徽年间后开始流行，如《新唐书·五行》记载："唐初，宫人乘马者，依周旧仪，著羃䍦，全身障蔽。永徽后，乃用帷帽，施裙，及颈，颇为浅露。至神龙末，羃䍦始绝，皆妇人预事之象。"
5. 唐朝画家张萱《捣练图》所绘就是唐朝女子捣衣、熨衣的景象。此画原作已佚，宋徽宗赵佶摹本现藏于美国波士顿美术博物馆。另，李白《子夜吴歌·秋歌》中所写的"长安一片月，万户捣衣声"，即长安女子月下捣衣的情景。

美妆美发
一

唐朝时尚女孩的自我修养

这一日早晨,崔十三娘刚钻出被窝就收到了曹四娘捎来的口信,说西市的铺子里新到了一批布料,有丝绸有锦缎,华美异常,让她们姐妹有空去逛逛。

崔十三娘本来还睡眼蒙眬的,一听这话立马精神了,她洗漱一番,准备梳妆打扮。出门逛街,当然要先化妆呀!同时她不忘让侍女去把姐姐崔五娘叫过来,毕竟姐姐吃的饭比她多,化妆技术也比她高。

洗漱完毕,崔十三娘在化妆镜前坐定。作为一名大唐时尚女孩,她的梳妆台上放着满满当当的化妆品:铅粉、胭脂、螺子黛、花钿、口脂……还有各类发钗首饰,主打一个应有尽有,啥都不能少!

古往今来,女孩们都希望自己的皮肤白皙细腻,时尚的唐朝妹子自然也不例外。崔十三娘先给自己脸上敷了一层铅粉,她慢慢地将铅粉涂抹均匀,打造一个完美无瑕的底妆。她年纪还小,皮肤本就白白嫩嫩的,但谁都不会嫌自己更美更亮眼。

起初,古人是用米粉来敷面做底妆的,但米粉的附着力太弱,容易脱落,聪明的古人与时俱进,发明了新型打底"神器"——铅粉。现如今人们常说的"洗尽铅华"中的"铅"就是铅粉的意思。唐朝女子化妆所用的粉多以铅粉为主，但铅粉带有一定毒性，不宜多用，否则会面色发青。后期到了宋朝，市面上又出现了用石膏、滑石、蚌粉等材料制成的粉底。

崔五娘进来的时候，看见崔十三娘正准备往脸上抹胭脂，她笑着打趣妹妹："哟，出门逛个街而已，你还打扮得这么好看呀？"

"那当然！我们女孩外出的机会本来就比男的少，不化妆都对不起我出这一趟门。"

先化妆再出门，那可是她们大唐时尚女孩的自我修养！

崔十三娘一边搽胭脂，一边对崔五娘说："姐姐，你说我今天给自己化个飞霞妆如何？白里透红，与众不同。"

"时值春日，要不还是化个桃花妆吧，更应景呢。"

"也对，那就化桃花妆！一会儿姐姐你帮我描眉。"

"没问题。"

崔五娘也在梳妆台前坐下。她想着，来都来了，要不她也给自己化个妆得了，姐妹俩一起闪亮出场，做最亮眼的女孩！

崔十三娘见姐姐也开始敷粉，问她："你准备给自己化什么妆啊？"

崔五娘指了指自己的一身大红襦裙，得意地说："为了跟我今天的衣服搭配，我准备来个酒晕妆。"

"哇哦！这么热烈的嘛！"

唐朝女孩爱红妆。所谓红妆，自然需要用到胭脂。胭脂是用红蓝花提取物制作而成的化妆品，自汉朝起，胭脂一直出现在妇女的妆奁之中。在人人都爱美的唐朝，妆容款式多种多样，涂抹胭脂的程度不同，妆容名字也不同，比如桃花妆、飞霞妆、酒晕妆等等，其中又数酒晕妆最为浓艳。

唐朝女子对美的热衷和追求，在整个古代都是排得上号的，以至于化妆方式野蛮生长。到了中晚唐时期，许多奇特的妆容应运而生。

唐宪宗元和年间，啼妆曾红极一时，其大致化法是：脸颊不施朱粉，画八字低眉，用乌黑色唇膏涂抹嘴唇，状似悲啼。唐穆宗长庆年间，长安城流行一种叫血晕妆的妆容，化法大致为：剃掉眉毛，并且不另外画眉，而是在眼睛上下画几道红紫色的血痕一般的横纹。

如此看来，后世流行的所谓"杀马特"妆扮，跟唐朝女孩特立独行的妆容相比，赢面似乎不大……

崔家姐妹是红妆的忠实拥趸，她们喜欢把自己打扮得或明艳或可爱，像春天一样美好。

画完胭脂，接下来就要搭配合适的眉形。别看眉毛就那么两道，在整个妆面中，眉毛可是非常重要的。唐朝流行的眉形种类繁多，比如蛾眉、倒晕眉、远山眉、垂珠眉、却月眉、涵烟眉、拂云眉等。

崔五娘结合妹妹今天的衣着，给她画了个柳叶眉。她自己则画了却月眉。她用来画眉的眉笔叫作"黛"，是一种青黑色的矿物颜料。在黛出现之前，古时的女子是用烧焦的柳枝描眉的。隋唐时期，黛开始被广泛运用到日常美妆中，其中以产自波斯的螺子黛最为知名。

崔十三娘看着镜中画完眉的自己，满意极了。她忍不住夸赞："姐姐描眉的手艺真绝，不像我，我手抖，画完两边眉毛总是一边高一边低。"

"你再多化几年妆，手就能稳了。不过你的妆容配上柳叶眉，真是像仙女一样好看呢。"崔五娘说，"我要给你画唇了，你想要什么样的唇形？"

"当然是樱桃唇啦,我喜欢小巧可爱的。"

"我今天的妆比较浓,那我就画一个圆润的唇形吧。"

画完唇,基础妆面大致完成了。不过精益求精的唐朝女孩在基础妆面上添加了许多新的花样,比如:贴花钿、描斜红、点面靥。

花钿是额头中间的一种装饰,可以用颜料直接画图案,也可以用一种叫"呵胶"的特质胶水将剪好的花钿贴上去。呵胶的原材料是鱼鳔,黏合力很强。制作花钿的材料也多种多样,除了常用的彩纸、金箔,还有云母、螺钿等,甚至还可以用鱼鳞和蜻蜓翅膀。

斜红始于三国时期,最初的样式是用胭脂在眼角画一道月牙形的红痕。到了唐朝,爱美的女孩们将斜红图案拓展得更加多元化,有花纹,也有飞鸟,包括中晚唐特立独行的血晕妆中仿血痕画的红紫横纹也是斜红演变的一种。

至于面靥,可以说是唐朝妆容中最有辨识度的一项。面靥的画法很简单,用胭脂在酒窝处点两个红色的小"痣"即可。随着时间推移,面靥样式也不仅仅局限于小红点,其他花纹图案也逐渐登上美妆舞台。

崔五娘化妆水平高,她一气呵成,短短几分钟就把她们的花钿、斜红、面靥全搞定了。姐妹俩打量了一下彼此妆容,都非常满意。

小知识:

1. 班婕妤在《捣素赋》里写道,"调铅无以玉其貌,凝朱不能异其唇",这里的"铅"指的就是敷脸用的铅粉。这也说明,早在东汉时期,妇女就流行用铅粉化妆了。

2. 祁连山有支脉名为焉支山,又叫胭脂山,盛产制作胭脂的花草。匈奴人称首领的妻子为阏氏,取的就是"胭脂"的谐音,意为美丽高贵的女性。汉武帝征讨匈奴后,匈奴失焉支山,并留下了"失我祁连山,使我六畜不蕃息;失我焉支山,使我妇女无颜色"这样的诗句。由此可知,当时的匈奴妇女亦用胭脂化妆。

3. 宇文士及在《妆台记》中记载了唐朝的多种妆容名称:"美人妆,面既傅粉,复以胭脂调匀掌中,施之两颊,浓者为'酒晕妆',浅者为'桃花妆';薄薄施朱,以粉罩之,为'飞霞妆'。"

4. 白居易的诗《时世妆》中详细描写了啼妆的化法:"时世流行无远近,腮不施朱面无粉。乌膏注唇唇似泥,双眉画作八字低。妍媸黑白失本态,妆成尽似含悲啼。圆鬟无鬓堆髻样,斜红不晕赭面状。"

5. 《唐语林·卷六·补遗》记载了长庆年间流行的血晕妆的化法:"长庆中,京城妇人……妇人去眉,以丹紫三四横约于目上下,谓之'血晕妆'。"

做自己的美发师，玩转百变发型

西市的街上人来人往，热闹非凡。

崔十三娘好久没出来逛街了，她望着街上铺子里琳琅满目的商品，按捺不住蠢蠢欲动的"剁手"之心。要不是崔五娘及时制止，以她的购买欲，侍女的双手怕是要拎不动了。

到了约定的绸缎庄，崔家姐妹和曹四娘顺利会合了。曹四娘还是老样子，衣服、妆容和发型都是胡女的样式，这也是她在酒肆上班的工作装。今天轮到她休息，但她穿胡服穿习惯了，懒得折腾。

看到崔家姐妹的妆容，曹四娘眼前一亮，啧啧称赞："你们今天打扮得也太漂亮了吧！不知道的还以为是参加什么盛大活动呢。"

"逛街就是我们的盛大活动啊。"崔十三娘说，"难得来一趟西市，我们心情好，自然是要打扮一番的。"

崔五娘附和："今天要来买绸缎做新衣服，打扮漂亮点才能让裁缝给我们设计最美丽的衣服款式。"

曹四娘表示赞同。她上下打量崔家姐妹，只见崔十三娘化了一个和春天适配度满分的桃花妆，梳了一个双螺髻，发髻上簪了一朵盛放的粉色芍药，美得像是画中走出来的仕女。

曹四娘开始花式夸人："十三娘年纪还小，长得又娇俏可爱，这双螺髻非常很适合你。"

唐朝女子普遍喜欢梳高髻，螺髻也是高髻的一种。螺髻，顾名思义就是形状像螺一样的发髻。唐朝女子常梳的螺髻又分单螺和双螺。

十三娘得了曹四娘的夸奖，心里美滋滋的。她回头看向崔五娘

陕西乾县唐永泰公主墓壁画《宫女图》（局部）

的发型，眼中充满艳羡："其实我更想梳姐姐这样的义髻，再配上好看的发簪，简直不要太雍容华贵！"

崔五娘掩嘴笑："你年纪还小，没必要戴假发髻。等再过两年，姐姐帮你定做几个假发髻，再配几套发簪步摇，让你一出门就成为长安城的一道风景线。"

如崔五娘所说，义髻就是假发髻。唐朝女子对高髻的喜爱与日俱增，义髻也随之流行开来。假发髻当然梳得比真发髻高！而且直接佩戴就完事了，省去了很多盘发步骤，深受贵族女子喜爱。杨贵妃就是义髻的忠实爱好者。

唐朝风气开放，女性地位相对较高，对时尚的需求更是标新立异，这一点从发型上也能体现。从初唐的半翻髻、乐游髻，到盛唐的螺髻、双环望仙髻、义髻、倭堕髻、回鹘髻，再到中晚唐时期的堕马髻、椎髻、囚髻、抛家髻……流行的发型更新换代非常快。

而且，结合不同的妆容，唐朝女孩们会搭配相应的发型。比如，元和末年流行啼妆，啼妆的搭配发型是圆鬟椎髻。

崔家姐妹和曹四娘边聊天边挑选做衣服的面料，气氛融洽，大家都很开心。恰在这时，一个盛装打扮、满头珠光宝气的女孩走了进来。崔十三娘一看，哟，是熟人呢！这不是长安城的大美人王十一娘嘛！

"十一娘你这是过生日还是参加聚会啊？怎么打扮得如此隆重！不过真的好美，我差点没认出你。"

王十一娘被夸得心花怒放："准备去参加我表姐的生日会呢，路过西市，来定做几身衣裙。"

王十一娘的爸爸官职高，家底丰厚，她每次出门都打扮得非常华丽。今日她和崔五娘一样化了个酒晕妆，梳了一个高耸的惊鹄髻，还搭配了好几支款式别致的发簪。

是的,除了发型多种多样,唐朝女孩的发饰也很多。最普遍的就是簪花了,不少仕女图中的女子都头戴鲜花,富贵优雅,如周昉的《簪花仕女图》。其次是发簪和步摇,白居易在《长恨歌》中这样描述杨贵妃的发型:云鬓花颜金步摇。

即便没有专门的美容美发店,唐朝女孩也能设计出不重样的发型,比起现代的美发师们,也是不遑多让呢。

曹四娘看着梳着各种高髻的美女们进进出出,发型争奇斗艳,不免心生羡慕。她跟崔五娘商量,改天有空给她设计一款高髻,她也要招摇一番!

崔五娘一口答应:"没问题,包在我身上。"

姑娘们说说笑笑,愉快地转战下一家店铺。

(唐)周昉《簪花仕女图》(局部)

小知识：

1. 唐朝女子常见的单螺髻、双螺髻等发型，比较经典的参考图有陕西乾县永泰公主墓壁画《宫女图》。
2. 盛唐时期流行的双环望仙髻，可参考1985年陕西长武县出土的唐彩绘双环望仙髻女舞俑，此俑现藏于陕西历史博物馆。
3. 元和末年啼妆和椎髻搭配，如《新唐书·五行》记载："元和末，妇人为圆鬟椎髻，不设鬓饰，不施朱粉，惟以乌膏注唇，状似悲啼者。圆鬟者，上不自树也；悲啼者，忧恤象也。"
4. 宇文士及《妆台记》记载："唐武德中，宫中梳半翻髻，又梳反绾髻、乐游髻。"这里提到的"武德"是唐高祖的年号，说明初唐时期，半翻髻、反绾髻、乐游髻是宫人常见发型。
5. 囚髻流行于唐僖宗年间，唐朝末年则流行抛家髻，如《新唐书·五行》记载："僖宗时，内人束发极急，及在成都，蜀妇人效之，时谓为'囚髻'。唐末，京都妇人梳发，以两鬓抱面，状如椎髻，时谓之'抛家髻'。"
6. 杨贵妃喜欢戴假发髻，穿黄色衣裙，见《新唐书·五行》："杨贵妃常以假鬓为首饰，而好服黄裙。近服妖也。时人为之语曰：义髻抛河里，黄裙逐水流。"

寒食节

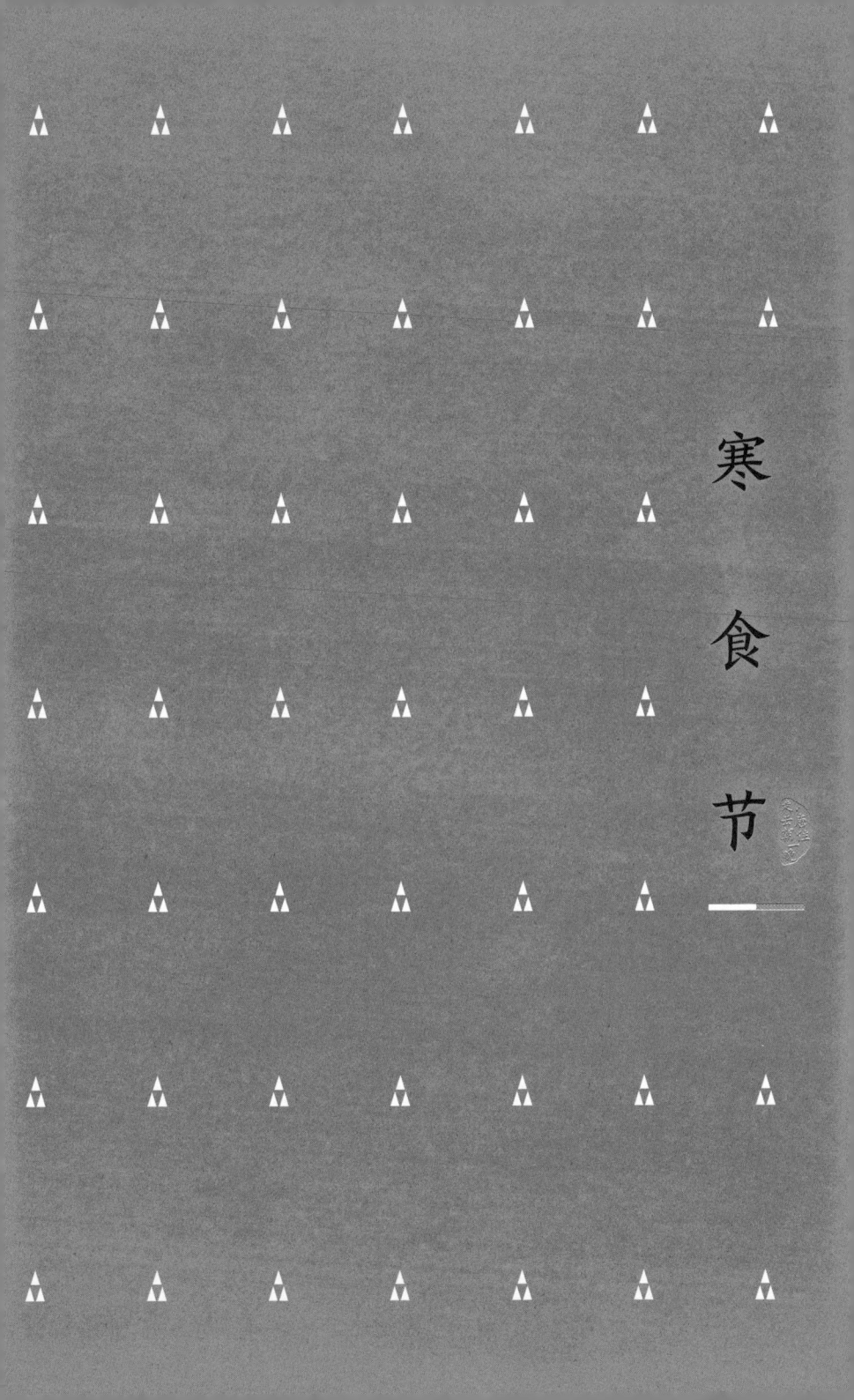

不能生火烤肉？不开心！

明天就是寒食节了，崔十三娘很郁闷。所谓寒食节，字面意思，就是冷食节，不能生火做饭，不能烤肉，不能吃一切热的食物。这简直就是要了她的命啊！每年最不快乐的日子就要来了。

崔夫人早就为家人准备好了寒食节的冷食，但崔十三娘不满意，拉着崔五娘出门了。她想去西市多买些吃的，以防万一。三天不开火，她可如何是好！

进了西市大门，崔十三娘和崔五娘都诧异了几秒钟，眼前有好多人！看他们手里拿着大包小包，应该是跟她们一样，出来买寒食节食物的。

崔十三娘和崔五娘四处闲逛，采购了不少东西。路过曹四娘的胡姬酒肆，她们进去坐下，准备歇歇脚。

曹四娘正在招呼客人，看见崔家姐妹来了，上前打招呼："你们出来逛街吗？买了什么呀？"

"也没买别的，就是囤些吃的。"崔十三娘沮丧道，"未来三天不能用火，我很不开心。"

曹四娘是粟特人，来大唐生活的时间不长，对寒食节的习俗也是一知半解。她问崔十三娘:"我也听说过寒食节不让生火做饭,但是为什么呀?"

"这就说来话长了,得从春秋时期说起。"

"'春秋五霸',之一的晋文公重耳,年轻时曾在外流亡了十九年。跟着重耳一起流亡的人当中,有一位贤者名叫介子推,他对重耳那叫一个忠心耿耿!重耳一路颠沛流离、几乎要饿死时,介子推为了救他,割下了自己大腿上的肉煮熟给他吃。重耳深受感动,承诺有朝一日发达了,一定报答介子推。

"后来,重耳回到晋国继承君位,摇身一变成了晋文公。介子推没有要求封赏,而是带着母亲到深山隐居去了。晋文公觉得很没面子,他派人到处寻找介子推,没找到。为了逼介子推出来,晋文公居然用了一个很蠢的办法:放火烧山。

"这一把火烧了整整三天才熄灭,晋文公还是没看见介子推的人影。后来,晋文公的手下在一棵烧焦的柳树下发现了介子推母子的尸体。晋文公又吃惊又后悔,回想起他流亡时介子推对他的照顾,悲痛不已。

"为了悼念介子推,晋文公下令,每年介子推的忌日不能生火,只能吃冷食。就这样,寒食节诞生了,并逐渐成为我国的传统节日。"

听完寒食节的传说,曹四娘言辞恳切:"这个故事让我明白了一个道理。"

崔五娘:"什么道理?"

"无论遇到什么事都不能冲动,尤其不能放火。放火烧山,牢底坐穿。"

崔五娘:"……"

"唉,晋文公放的火,为什么要让我来承担后果。"崔十三娘骂骂咧咧,"古人犯了错,为什么要让我们吃冷食。"

崔五娘安慰妹妹:"好啦,别不开心啦。我们差不多该回家了,明天还得陪爸妈一起去扫墓呢。"

曹四娘问:"你们寒食节还要扫墓啊?"

"是啊,寒食节毕竟是个因悼念而生的节日嘛,百姓会在这一天去祭奠先人。到了我朝,寒食节扫墓已经是官方规定了,明天几乎家家户户都要去扫墓。"

"寒食节还有其他习俗吗?"

"有不少呢。比如插柳、踏青、赏花、荡秋千、斗鸡等等。玩游戏是寒食节最快乐的事了。"说起快乐的事,崔十三娘的郁闷就消散了些。

关于寒食节的由来,"晋文公为悼念介子推而禁火"一说属于民间传说,正史中并没有介子推被烧死的记载。据南北朝学者宗懔在《荆楚岁时记》中所述,《周书》中有三月禁火的规定,因为三月是一年中最易起火的时节。宗懔认为,寒食节禁火或许源自周朝的禁火旧俗。

现如今人们已经不再过寒食节了,但是在唐朝,寒食节是一个非常重要的节日,爱写诗的唐朝人也在诗中记录了寒食节的种种,其中比较知名的是诗人韩翃所写的《寒食》:"春城无处不飞花,寒食东风御柳斜。日暮汉宫传蜡烛,轻烟散入五侯家。"

韩翃这首诗流传很广,连当时的皇帝唐德宗都有所耳闻,恰逢朝中缺少一名负责制诰的官员,中书省上报了两次候选人名单,唐德宗都不是很满意,迟迟没有批复。中书省再次请示德宗,唐德宗说:"就让韩翃来当这个官吧。"

当时有两个韩翃,同名同姓,另一个韩翃在江淮刺史任上。宰相问德宗："是授给哪个韩翃？"德宗说："给那个写'春城无处不飞花'的韩翃啊。"

寒食节留给唐朝的，远不止以上提到的这些。作为一个逐渐被淡忘的传统节日，唐朝人用文字留住了它。

小知识：

1. 《荆楚岁时记》记载："去冬节一百五日，即有疾风甚雨，谓之寒食。禁火三日，造饧大麦粥。"大致意思是，冬至过后的一百零五天是寒食节，寒食节要禁火三天，人们会准备一些大麦粥之类的食物。

2. 寒食节荡秋千的习俗，见《开元天宝遗事》："天宝宫中，至寒食节，竞竖秋千，令宫嫔辈戏笑，以为宴乐。帝呼为半仙之戏，都中士民因而呼之。"荡秋千又被唐玄宗称为"半仙之戏"。

3. 唐朝皇帝在寒食节会给侍臣赏赐，见《酉阳杂俎》："寒食日，赐侍臣帖彩球，绣草宣台。"

4. 寒食节扫墓曾经只是民间习俗，直到唐玄宗下了《许士庶寒食上墓诏》："寒食上墓，礼经无文，近代相传，浸以成俗。士庶有不合庙享，何以用展孝思？宜许上墓拜扫，申礼于茔，南门外奠祭，撤馔讫泣辞。食馔任于他处，不得作乐。仍编入五礼，永为常式。"至此，寒食扫墓被编入"五礼"。

开心一下,这是法定节假日!

寒食节当天,崔十三娘的行程如下:上午陪爸爸妈妈、爷爷奶奶去扫墓,顺便踏青;下午跟崔五娘、崔九郎出门看斗鸡。除了口腹之欲不能满足,其他一切都还好,很充实的一天。

扫墓结束,崔家全家一起去了乐游原踏青。乐游原是长安城内的一处高地,位于东市以南,曲江以北。那儿地势高,风景优美,适合登高远眺,俯瞰长安城全景,因此成了长安百姓游玩的好去处。不少诗人在乐游原游玩时灵感突发,留下了诗篇。其中较有名的如李商隐的《登乐游原》:"向晚意不适,驱车登古原。夕阳无限好,只是近黄昏。"

崔侍中今日心情很不错,他站在高处远眺长安城,感慨万千,诗兴大发,忍不住赋诗一首。

崔大人听见老爸赋诗,按捺不住想秀一下的心,也跟着赋诗一首。

崔十三娘见她爸和她爷爷在那儿作诗,调侃他们:"老爸,爷爷,今天你俩一定是全家最开心的人了。毕竟'喜提'四天假,不用上班,多么快乐!"

"哈哈哈。"崔大人摸着胡子大笑,"的确,不用上班的日子简直太爽了。这得感谢陛下,赐给我们假期。"

正如崔大人所说,唐朝的皇帝很大方。由于寒食节和清明节挨着,皇帝大手一挥,假期一批:连放四天!

而且人家唐朝人不用调休,实打实到手四天假,是不是很羡慕?值得羡慕的还在后头呢!

唐朝国力强盛,唐朝人喜欢享受生活,唐朝皇帝应该也是支持大家享受生活的。大历年间,唐代宗调整了寒食节的假期时长。他规定:寒食节和清明节一起放假五天!

五天哦,妥妥的长假有没有?更令人羡慕的来了。贞元年间,唐德宗又调整了寒食节的假期时长。他规定:寒食节和清明节一起放假七天!

这么一想,吃冷食好像也不是那么糟糕的事了……

虽然寒食节不能吃香的喝辣的,但是不用早起上班啊!公务员们能不开心嘛!不仅崔大人和崔侍中开心,他们那些同事也很开心。这不,他们在乐游原遇到了不少拖家带口来踏青的同事呢,大家都笑容满面的。

巧得很,崔十三娘碰到了她的好姐妹王十一娘,她也跟着父母来踏青了。王大人和崔大人互相寒暄,王十一娘就跟崔家姐妹聊吃喝玩乐,她们相约下午一起去看斗鸡表演。

寒食斗鸡习俗由来已久,并非唐朝人首创。但是唐朝人爱热闹,自然会把这一"享受型"的节日风俗发扬光大。所以,寒食节当天走在长安城里,四处都能见到斗鸡的热闹景象。唐朝诗人杜淹写过一首《咏寒食斗鸡应秦王教》:"寒食东郊道,扬鞲竞出笼。花冠初照日,芥羽正生风……"

王十一娘让侍女取了一个布袋子过来，她从袋子里拿了三个彩绘鸡蛋送给崔家姐妹："这是我画的彩蛋。你们一人一个，剩下一个转交崔九。"

崔十三娘接过彩蛋，笑着说："这不巧了嘛，我也随身带了一些彩绘鸡蛋，想着如果踏青遇到朋友，就送给大家呢。"

崔五娘说："我也画了，来，我们交换吧。"

三人开心地交换礼物。她们画的这些彩蛋在当时有个很有意思的名字——镂鸡子。当然，这也是寒食节的习俗。

寒食节镂鸡子的风俗是从前朝传下来的。昔日富贵人家有这么个讲究，喜欢在鸡蛋上绘图。到了唐朝，这一习俗仍旧保留着，大家在鸡蛋壳上涂上红、蓝等颜色，效果就像雕刻的一样，所以叫"镂鸡子"。

寒食节这一天，大家会将镂鸡子赠送给朋友，抑或是用来祭祀。唐朝有不少诗人在诗中记录过镂鸡子的风俗，比如白居易的"何处春深好，春深寒食家。玲珑镂鸡子，宛转彩球花"。

乐游原上，踏青的人来来往往，他们一同眺望长安美景，互相赠送镂鸡子，时间一转眼就过去了。

眼看着吃饭时间到了，崔家姐妹和王十一娘挥手告别，但她们没有依依不舍，因为下午她们还会见面的。有好玩的斗鸡比赛，必须一起去围观啊！

回家路上，崔十三娘心想，吃不到美食就吃不到吧，能在寒食节跟朋友开心玩耍，也是一件很幸福的事呢。

小知识：

1. 关于寒食节假期变动，如《唐会要》记载："二十四年二月十一日敕：寒食清明四日为假。至大历十三年二月十五日敕：自今已后，寒食通清明休假五日。至贞元六年三月九日敕：寒食清明，宜准元日节，前后各给三日。"大致意思是，唐玄宗开元二十四年，寒食清明放四天假；唐代宗大历十三年，寒食通清明放假五天；唐代宗贞元六年，寒食节放假时间跟春节（元日）一样，增加到了七天。

2. 《荆楚岁时记》记载："斗鸡，镂鸡子，斗鸡子。按《玉烛宝典》曰：'此节城市尤多斗鸡斗卵之戏。'"这里讲述的是寒食节斗鸡和镂鸡子的习俗。

3. 《管子》中也有提到镂鸡子："雕卵熟斫之，所以发积藏，散万物。"大致意思是，雕刻鸡蛋壳然后在上面画画，是万物复苏的寓意。

4. 《荆楚岁时记》记载："陆翙《邺中记》曰：'寒食三日，为醴酪。又煮糯米及麦为酪，捣杏仁煮作粥。'《玉烛宝典》曰：'今人悉为大麦粥，研杏仁为酪，引饧沃之。'孙楚《祭子推文》云：'黍饭一盘，醴酪二盂，清泉甘水，充君之厨。'今寒食有杏酪、麦粥，即其事也。是其事也。"这一段是《荆楚岁时记》作者宗懔的引用，他提到了各古籍中关于寒食节百姓的饮食情况，有麦芽糖杏仁粥，有大麦粥，有黍饭……由此可见，古代百姓寒食节禁火期间大概就是吃这些食物。

音

乐

家中有宴会，来点音乐呀

春日里人容易犯困，崔十三娘睡了个美美的午觉。睡醒之后，她带着侍女在花园里瞎溜达，正美滋滋扑着蝴蝶，忽然听到隔壁院中传来一阵音乐声。仔细听的话，能清楚地分辨出音乐声中有琵琶、笛子、筚篥、笙等乐器，还有人打拍板。

崔十三娘疑惑："今天家里是有什么活动吗？"

侍女说："你哥约了他的朋友们来家里聚会，应该是他们发出的声音吧。"

"好啊，我哥居然背着我偷偷玩乐，有聚会也不叫我！真过分！"

崔十三娘不太高兴，有乐子怎么能少得了她？她决定给他哥一个惊喜，不请自到，说啥也要凑这个热闹。

崔九郎院中热闹非凡，不少宾客都是十三娘眼熟的人。她随便一扫，看见了远房表哥杨二郎、崔九的好哥们儿李十一郎，还有几个是崔九在国子监的同学甲乙丙丁。乐队正在沉浸式演奏，大家都很投入，没注意到崔十三娘进来。

崔十三娘本来还想兴师问罪，问问崔九为什么不叫她一起玩，奈何这乐曲声太优美，她一下子忘了自己来的目的。

一曲终了，崔十三娘忍不住想鼓掌叫好。杨二郎最先看见了她，主动招呼她："表妹来了呀，快入座。"

崔九郎这才发现妹妹来了，赶紧邀请她加入。

"哥，今天兴致怎么这么好？"

"没有没有，宁王府要组一支乐队，让我帮着把把关。我这不是排练一下嘛，让大家提提意见，顺便聚个会。"

"我老远就听见音乐声了，相当悦耳。这支乐队水平很高呢。"崔十三娘表示肯定，她指了指离她最近的弹琵琶的乐师，说，"他就很不错！"

弹琵琶的乐师被点名，赶紧道谢。

琵琶在后世也是常见的乐器之一，据传是汉朝时期的乌孙公主刘细君发明的。刘细君和亲乌孙，离家千里，在马背上弹奏琵琶以寄思乡之情，所以有诗云："公主琵琶幽怨多。"到了唐朝，琵琶愈发流行，时人的演奏技巧也越来越高，出现了不少弹奏琵琶的高手，比如白居易《琵琶行》中的琵琶女。

崔九郎忽然想到，崔五娘精通琵琶，他让人去把崔五娘请来，跟乐师较量一下技艺。

除了琵琶，眼前的这支乐队中还有筚篥、羯鼓、箜篌、拍板、笛子、筝、五弦等乐器。这些都是唐朝主要的乐器，在很多文学作品和壁画中都有出现。值得一提的是，大名鼎鼎的音乐家皇帝唐玄宗就擅长羯鼓。

"我记得表哥吹笛子的水平一流，"崔十三娘点名杨二郎，"表哥，要不你吹一曲吧。"

杨二郎点头："表妹要听，当然可以啊。崔九的筚篥吹得很好，我俩可以合奏。"

(唐)佚名《唐人宫乐图》

"没问题,来,咱们兄弟俩合作一下。"

于是,音乐会进入二重奏阶段。杨二郎吹笛子,崔九郎吹筚篥。

筚篥是一种吹奏乐器,来自西域的龟兹国。尽管现如今筚篥已几近失传,但在胡文化盛行的唐朝,筚篥可是非常受欢迎的一款乐器,敦煌莫高窟的壁画中就绘有不少吹筚篥的场景。

杨二郎和崔九郎合奏完毕,崔五娘也到了。她先是应崔九郎的要求,跟在场的琵琶手合奏了一曲,是竞技也是交流,然后她又加入了乐队的集体合奏,弹了一曲《清平调》。

崔五娘说:"小妹跟老师学了好几年箜篌,技艺已经很纯熟了,不如让她也为大家演奏一曲吧。"

在座所有人都表示赞同。

崔十三娘让侍女去给她取箜篌。她喜欢用自己的箜篌，那是去年她及笄时姐姐特地定做送她的礼物。

箜篌是一种弦乐器，它在唐朝出现的频率不比琵琶和筚篥少。唐朝诗人李贺在《李凭箜篌引》中刻画了李凭这么一位弹奏箜篌的高手，他的乐曲声就像"昆山玉碎凤凰叫"，能让"空山凝云颓不流"。

侍女迅速取来了箜篌，崔十三娘弹了一首曲子，赢得满堂喝彩。接下来她又跟杨二郎、崔五娘，还有最会打拍板的李十一郎合奏了一曲。

宴会气氛非常好，愉快的下午很快就过去了。

小知识：

1. 1959年在陕西省西安市西郊出土一尊唐三彩骆驼载乐俑，骆驼上驮着七男一女，七位男子分别演奏琵琶、箜篌、笙、笛子等乐器，中间一位女子闻乐起舞。这尊唐三彩现藏于陕西历史博物馆。

2. 李贺的《李凭箜篌引》和白居易的《琵琶行》都是以乐人和乐器为主题的诗，侧面说明了箜篌和琵琶都是唐朝主流乐器。

3. 《乐府杂录》记载："琵琶，始自乌孙公主造，马上弹之。"大致意思是，琵琶由乌孙公主刘细君发明，是在马上弹奏的。

4. 现藏于台北故宫博物院的《唐人宫乐图》是一幅描绘唐人宴乐场景的绢本画，画中女子有的弹琵琶，有的吹笙，有的吹筚篥，有的打拍板。

5. 五代南唐画家顾闳中的《韩熙载夜宴图》描绘了韩熙载在家设宴的场景,画中出现了多种乐器,如琵琶、笛子、筚篥、拍板等。此画现藏于北京故宫博物院。

音乐盛世,高手层出不穷

一场春雨过后,长安城内空气清新,宜出门玩耍。

崔十三娘被姐姐看着写作业,出不了门,她很惆怅。起因是她爸嫌她字写得太难看了,寻了一本晋代女书法家卫夫人的簪花小楷字帖给她,让她在家临摹。不仅如此,她爸妈还特地叮嘱崔五娘看着她,写不到要求的数量不许出门。

"何时是个头啊!"崔十三娘欲哭无泪。好在吃饭时间到了,她总算可以偷会儿懒。

崔十三娘到厅堂吃饭,碰见了前来蹭饭的李十一郎。有朋友来访,崔十三娘的心情一下子恢复了不少。

李十一郎的心情也很好,他昨天跟着他那当太乐丞的哥哥去宫里围观了一场皇家音乐会,开了眼界,在饭桌上也不忘炫耀。

太乐丞是掌管音乐的官员,供职于太乐署。太乐署是由太常寺管辖的宫廷音乐机构。大诗人王维在音乐方面也颇有才华,曾担任过太乐丞一职。

李十一郎清了清嗓子,说:"听说下个月是陛下的生日,太乐署正在叮排练呢。我哥最近忙不过来,喊我过去帮忙。谁让我音乐细胞发达呢!"

"有发生什么好玩的事吗?"崔十三娘好奇。她这几日出不了门,内心空虚得很,巴不得有八卦可以听。

"还真有。"李十一郎说,"陛下新提拔了一位女高音歌唱家,那嗓门绝了,简直是大唐好声音啊!我听她唱了两首歌,到现在还意犹未尽呢。"

崔五娘也来了兴致:"有那么夸张吗?难不成比得上古代的韩娥?"

韩娥是先秦时期韩国的女歌唱家。注意,这里的韩国不是现如今常说的朝鲜半岛上那个韩国,而是战国七雄"韩赵魏楚燕齐秦"中的韩国。韩娥的唱歌水平之高,留下了"余音绕梁,三日不绝"的典故。直到现在,成语"余音绕梁"还常被用来形容歌声优美。

李十一郎说:"我没听过韩娥唱歌,不好做比较,但这位歌唱家的歌声你听了绝对不会失望的。下次有机会,让你爷爷带你去蹭一次宫廷音乐会吧。"

崔五娘和崔十三娘都心生向往。宫廷乐队成员的技艺水平肯定"吊打"她们平时能见到的那些人。将来有机会,她们一定要去感受一下。

大唐三百年间,要数唐玄宗时期的音乐成就最辉煌。玄宗痴迷音乐,为此还特地打造了自己的专属音乐歌舞机构——梨园。后世常以"梨园子弟"代指从事戏曲职业的人。

唐玄宗有一位非常宠爱的女歌手,名叫许和子,据说她的歌声可以跟韩娥的相媲美,玄宗曾夸许和子:"此女歌直千金。"

不过,梨园大明星排行榜的榜首非李龟年莫属。李龟年和他的两位兄弟李彭年、李鹤年都有着极高的音乐天赋,深得唐玄宗器重。

李龟年不仅精通筚篥、羯鼓等乐器，唱歌水平也极高，是宫廷各大宴会的常客。如果说李龟年是大唐第一"爱豆"，似乎也不过分。

同时，李龟年也是很多大诗人的好朋友。王维曾为他写下《江上赠李龟年》，又名《相思》。没错，就是"红豆生南国"那个《相思》，这是一首写友情的诗。杜甫曾为他写下《江南逢李龟年》，其中"正是江南好风景，落花时节又逢君"两句成为千古绝唱。

一直默默听大家聊天的崔九郎发出感慨："我朝国力雄厚，国泰民安，音乐发展十分迅猛。照这样下去，未来肯定会涌现出更多优秀的音乐家！"

"那当然，现在已经有不少了，以后只会更多。"

"真希望有一天可以围观这些歌唱家的演唱会，还想参加大合唱。"

李十一郎附和："我唱歌也不错哦，大合唱必须安排起来！"

崔五娘和崔十三娘瞥了他一眼，一脸嫌弃，不想说话。

正如他们所说，唐朝音乐发展十分迅猛，涌现出了不少杰出的音乐家，除了许和子和李龟年，还有歌唱家韦青、擅长吹筚篥的乐师张野狐、擅长琵琶的乐师贺怀智、大历年间善歌的才人张红红等。

大唐盛世，自然也盛在音乐上。

小知识：

1. 《碧鸡漫志》记载："上曰：焉用旧词为？命龟年宣翰林学士李白立进《清平调》词三章，白承诏赋词，龟年以进。上命梨园弟子约格调、抚丝竹，促龟年歌。"大致意思是，唐玄宗让李白写《清平调》三首，又令梨园子弟弹奏乐器，让李龟年唱歌。

2. 宫廷乐师张野狐擅长吹筚篥、弹箜篌。安史之乱爆发后,张野狐随唐玄宗入蜀,在返京途中为玄宗编了名曲《雨霖铃》。《乐府杂录》记载:"《雨淋铃》者,因唐明皇驾回至骆谷,闻雨淋銮铃,因令张野狐撰为曲名。"到了宋朝,《雨霖铃》成为经典词牌名,如柳永的《雨霖铃(寒蝉凄切)》。

3. 许和子,号永新,唐玄宗时期的歌唱家,深受玄宗喜爱。《乐府杂录》记载:"开元中,内人有许和子者,本吉州永新县乐家女也。开元末选入宫,即以永新名之,籍于宜春院。既美且慧,善歌,能变新声。"《开元天宝遗事》记载:"宫妓永新者善歌,最受明皇宠爱,每对御奏歌,则丝竹之声莫能遏。帝常谓左右曰:'此女歌直千金。'"

4. 宫廷乐师贺怀智擅长独奏琵琶,《酉阳杂俎》记载:"天宝末……上夏日尝与亲王棋,令贺怀智独弹琵琶,贵妃立于局前观之。"

5. 王维精通音律,《唐才子传》记载:"(王维)九岁知属辞,工草隶,闲音律,岐王重之。"王维曾作琵琶曲《郁轮袍》,现已失传。

舞

蹈

在长安，人人皆可是舞者

崔十三娘老老实实在家练了几天书法，终于在一个春花灿烂的日子里被爸妈允许出门了。她激动得老泪纵横，尽管她还小，不可能有老泪这种东西。

吃过早饭，崔十三娘梳妆打扮了一番，在侍女的陪同下去西市找曹四娘。自开春以来，她一有空就跟着曹四娘学跳胡旋舞。曹四娘请她今日去趟胡姬酒肆，说是有精彩的舞乐演出。

西市的胡姬酒肆中有来自西域各国的胡女，她们不仅长得漂亮，而且人人都会跳舞。每隔几日酒肆就会举行歌舞乐器表演，届时会有很多人来围观，热闹极了！

胡旋舞是来自西域的一种民族舞蹈，因西域各国向大唐献胡旋女而传入中原，后来慢慢流行开来，在唐朝红极一时。"安史之乱"的始作俑者安禄山就是跳胡旋舞的高手，因此他被后世戏称为"灵活的胖子"。之所以说他灵活，是因为胡旋舞的技术含量很高，需要在乐声中飞速旋转、跳跃、起舞……可根据史料记载，安禄山是个体重两三百斤的胖子。

白居易的诗作《胡旋女》描绘了女子跳胡旋舞的场景："胡旋

女,胡旋女。心应弦,手应鼓。弦鼓一声双袖举,回雪飘飖转蓬舞。左旋右转不知疲,千匝万周无已时。人间物类无可比,奔车轮缓旋风迟……"

崔十三娘自幼喜欢跳舞,她身姿轻盈灵动,跟着曹四娘学了一阵胡旋舞,颇有成果。作为交换,她也教曹四娘跳了六幺舞。

六幺舞又叫绿腰舞,是一种柔美的汉族舞。跳舞者姿态轻柔,以舞袖为主要动作。白居易《琵琶行》中写的"初为《霓裳》后《六幺》",指的就是霓裳羽衣舞和六幺舞的舞曲。

西市胡姬酒肆内,曹四娘刚招呼完客人。看见崔十三娘进门,曹四娘热情相迎:"你来得这么早啊,吃早饭了吗?"

"当然吃过了,不然哪儿有力气出门玩耍。你们这边的表演什么时候开始呀?"

(五代南唐)顾闳中《韩熙载夜宴图》(局部)

"现在时间还早,等喝酒的客人多一些了,表演会准时开始哦。"

"那你先去忙吧,我自己坐会儿。对了,也让人给我上点酒菜吧。"

崔十三娘找了个位子坐下,曹四娘继续干活去了。

看着曹四娘忙前忙后,崔十三娘不禁感慨,曹四娘不远千里来到长安城,背井离乡的,在这里讨生活实属不易,她以后一定要对曹四娘好一些,没事多拉着崔九、杨二、李十一他们来酒肆消费,给曹四娘捧场。

接近午时,酒肆的客人越来越多,表演随之开始。首先上场的是曹四娘的同事,一位来自康国的胡女。康国是西域昭武九姓之一,西市中就有不少做生意的康国人。

音乐声响起,康国女子闻乐起舞,只见她越转越快,越转越快,舞姿轻盈,美妙绝伦。崔十三娘看得心潮澎湃,恨不能走上前跟她一起飞旋起舞。

胡旋舞表演后,接下来是一位来自安国的男子为大家表演胡腾舞。安国也是西域昭武九姓之一。

胡腾舞跟胡旋舞一样,也是从西域传到中原的一种民族舞蹈。不过,跳胡旋舞的大多是女子,敦煌莫高窟的壁画中绘有不少女子跳胡旋舞的画面。胡腾舞则是男子独舞,舞蹈动作以腾踏跳跃为主。诗人李端的《胡腾儿》就描写了一位跳胡腾舞的男子:"胡腾身是凉州儿,肌肤如玉鼻如锥。桐布轻衫前后卷,葡萄长带一边垂……"

崔十三娘平日里很少看到男子跳舞,她大开眼界,十分激动,觉得今天来西市看热闹真的是来值了。

曹四娘见她有兴致,介绍说:"这位跳胡腾舞的小哥是我们对面铺子卖胡饼的,今天客串演出。"

"一位卖胡饼的小哥跳得都这么好,看来西市卧虎藏龙啊。"

"岂止西市,我们大唐繁荣昌盛,整个长安城人人都爱跳舞、会跳舞。"

这一点,崔十三娘表示赞同。她说:"去年春节我跟着我哥去宁王府蹭饭,就看了一场令人瞠目结舌的剑器舞,到现在还意犹未尽呢!"

剑器舞是唐朝最流行的舞蹈之一,不同于胡旋舞和胡腾舞,这是一种中原汉人的舞蹈。舞者手持剑器,跟着音乐变化出多种姿势。

曹四娘好奇:"我还没看过剑器舞呢,倒是早有耳闻。这是一种什么样的舞蹈?"

"顾名思义,舞者需要手持剑器跳舞。而且剑器舞和刚才我们看到的胡旋舞、胡腾舞一样,属于健舞的一种。"崔十三娘给曹四娘介绍,"和健舞相对的就是软舞,我教你的六幺舞就是软舞。"

可以这样理解,健舞,舞者姿态矫健;软舞,舞者姿态柔软。

曹四娘又问:"上次听王十一娘提过,柘枝舞也是健舞吧?"

崔十三娘点头。

柘枝舞也是从西域传到中原的一种舞蹈,起初是女子独舞,多以鼓乐伴奏,随着时间演变,唐朝出现了双人柘枝舞。白居易《柘枝妓》描写道:"平铺一合锦筵开,连击三声画鼓催。红蜡烛移桃叶起,紫罗衫动柘枝来……"

除了健舞和软舞,唐朝的舞蹈种类还有字舞、花舞、马舞等。马舞即马上舞蹈,唐玄宗的梨园中就有马舞舞者。被选中进入宫廷歌舞团的马舞表演者,清一色都是年轻貌美的少年郎。

想在长安当一位优秀的舞者,竞争也是相当激烈的呢。

小知识：

1. 《新唐书·礼乐》记载："胡旋舞，舞者立球上，旋转如风。"意思是，跳胡旋舞的人站在球上，像风一样旋转。可见，这是一项非常考验平衡力和灵活度的舞蹈。

2. 《新唐书·西域》记载："米，或曰弥末，曰弭秣贺。北百里距康……自是朝贡不绝。开元时，献璧、舞筵、师子、胡旋女。"大致意思是，西域昭武九国中的米国，在开元年间向大唐进献跳胡旋舞的女子。

3. 唐朝主要舞蹈的分类，如《乐府杂录》："即有健舞、软舞、字舞、花舞、马舞……字舞，以舞人亚身于地，布成字也。花舞，着绿衣，偃身合成花字也。马舞者，栊马人着采衣，执鞭，于床上舞蹀躞，蹄皆应节奏也。"

4. 顾闳中所绘的《韩熙载夜宴图》中，穿蓝色衣服跳舞的女子是韩熙载的宠姬王屋山，她所跳的正是大唐最流行的六幺舞。

欢迎来到舞蹈家的殿堂

从西市回到家中,已经是傍晚。崔十三娘兴奋地给哥哥姐姐讲述了在胡姬酒肆看到的各种舞蹈:胡旋舞、胡腾舞、柘枝舞……

"胡人真是人人能歌善舞,好羡慕啊!不知道什么时候我才能把胡旋舞跳得这么好!"

崔五娘说:"你已经进步很快啦。不像我,我在舞蹈方面就缺根筋。"

"但是姐姐你的琵琶很绝啊,跟宁王府的乐师比也不遑多让。"

"说起宁王府,他家的舞姬让我记忆犹新呢,简直就是视觉盛宴。"崔五娘想起了去年在宁王府看表演时的场景,眼中充满期待,不知什么时候才能再去一次。

崔九郎点头称是:"我对那场演出也印象深刻。其中我最喜欢的是剑器舞和六幺舞。听宁王说,那两位跳舞的女子都是民间艺术家,走红后被宁王选中了。我还听说,陛下也很喜欢她们的舞蹈,想招揽她们加入宫廷舞蹈队。"

"正常,陛下喜欢歌舞,而且能把剑器舞跳得那么出神入化的舞姬还真是不多。"

在唐朝，剑器舞的代表人物是大名鼎鼎的公孙大娘。杜甫《观公孙大娘弟子舞剑器行》一诗就表达了对公孙大娘舞技的惊叹："昔有佳人公孙氏，一舞剑器动四方……"

公孙大娘真实名字不详，历史上关于她的资料也不多，后世得以瞻仰到她风采，杜甫功不可没。公孙大娘曾经在民间演出，因出众的舞技得到了唐玄宗的赏识，之后长期在宫中参与各类大型演出。

安史之乱后，公孙大娘不知所终，江湖再无她的传说。时隔多年，杜甫偶然在夔州别驾家中看到一位叫李十二娘的女子跳舞，舞姿令他动容。他问李十二娘向谁学习的舞蹈，李十二娘说，她的师父正是"大唐剑器舞第一人"——公孙大娘。

杜甫想起自己童年有幸亲眼见过公孙大娘跳剑器舞，有感而发，写下了《观公孙大娘弟子舞剑器行》一诗。

崔九郎是宁王府的常客，而且跟太乐署的几个官员都很熟，比起家中姐妹，他能看到的歌舞表演更多。他介绍说："正因为陛下喜欢歌舞，宫廷舞蹈队的技艺才能更胜一筹。不论男女舞者，那真是一个赛一个的厉害。"

"听说宫里的妃子们为了取悦陛下，都在努力学跳舞呢。"

"那可不，宫中不少娘娘都是舞蹈健将。"

唐朝的宫妃们，论舞力值，巅峰选手非杨贵妃莫属。唐玄宗置办梨园，杨贵妃是他的得力助手，并且是梨园舞蹈队的领舞，著名的《霓裳羽衣舞》就是由她编舞和领跳的。唐玄宗对杨贵妃的舞蹈极其满意，甚至亲自为她伴奏。

帝妃沉浸舞乐的场景，如白居易在《长恨歌》中所写："缓歌慢舞凝丝竹，尽日君王看不足。渔阳鼙鼓动地来，惊破霓裳羽衣曲。"

由于唐玄宗对梨园的重视，开元天宝年间的舞乐发展达到了巅峰，舞蹈大师们也一个个隆重登场。除了公孙大娘和杨贵妃，谢阿蛮也是梨园著名歌舞艺术家。

谢阿蛮自幼学习舞蹈，技艺出众，因而被选入内教坊，成为宫廷御用舞姬。谢阿蛮最擅长跳的是《凌波曲》，不仅唐玄宗喜爱她的舞蹈，杨贵妃也对她甚是亲厚。

盛世大唐，歌舞文化蓬勃发展，宫廷中人自是不必说，民间百姓也多沉浸其中。

听崔九郎说了诸多太乐署和宁王府舞蹈队的趣事，崔十三娘暗自下决心，最近一定要沉下心来好好习字，让父母多放她出去玩，跟着哥哥姐姐去开眼界。

毕竟，春日里的大好时光，可不能闷在家里浪费了。

小知识：

1. 关于公孙大娘的舞姿，传闻草书圣手怀素看了公孙大娘的舞蹈，书法技艺迅速提高。如《乐府杂录》记载："开元中有公孙大娘善舞剑器，僧怀素见之，草书遂长，盖准其顿挫之势也。"

2. 杜甫《观公孙大娘弟子舞剑器行》一诗的序言记载了他幼年时期见到公孙大娘跳剑器舞时的场景："开元三载，余尚童稚，记于郾城观公孙氏舞剑器浑脱，浏漓顿挫，独出冠时，自高头宜春、梨园二伎坊内人洎外供奉，晓是舞者。圣文神武皇帝初，公孙一人而已。"

3. 宫廷舞伎谢阿蛮的生平，如《明皇杂录》记载："新丰市有女伶曰谢阿蛮，善舞《凌波曲》，常入宫中，杨贵妃遇之甚厚，亦游于国忠及诸姨宅。"

酒和酒宴

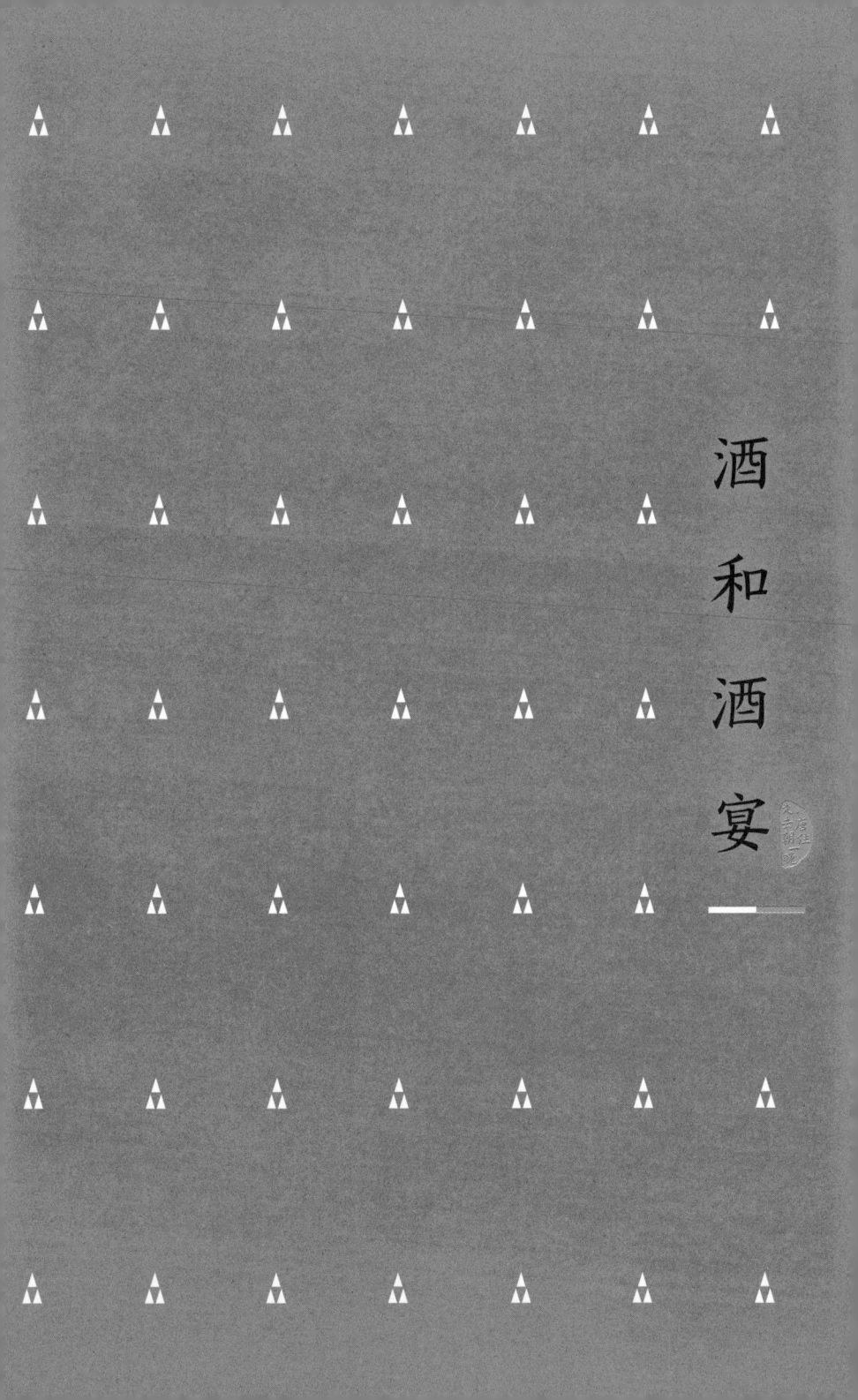

一

喝酒这件小事，唐朝人懂

  春日乍暖还寒，崔家人围坐在餐桌旁吃烤肉，一家人开开心心，其乐融融。唯独崔九郎不在家，他约了朋友出去吃饭了。

  崔侍中今日在朝堂得了陛下的夸奖和赏赐，心情极好，他提议说："不如我们一家人共饮一杯吧？"

  "老爸这个提议好，我们喝点酒暖暖身。"崔大人说完，吩咐侍女去取酒。

  崔夫人赶紧让人准备温酒的小火炉。

  不一会儿，酒温好了，大家举杯共饮，心情愉悦。

  崔十三娘回味口中香甜，问："这是今年的新酒吧？闻着就香，口感太好了。"

  崔夫人说："是啊，咱家自己酿的酒，今天是第一次喝呢。"

  这酒是新酿并且刚开封的，酒水上面还浮着一层绿色的泡沫。唐朝人管这种泡沫叫"绿蚁"，白居易在《问刘十九》中这样描述："绿蚁新醅酒，红泥小火炉。"

  "这一坛虽是浊酒，但味道一点都不比清酒差。"崔五娘说，"我喜甜，我就爱喝浊酒。"

崔十三娘附和:"我也爱喝浊酒!"

唐朝的酒按照原材料来分,可以分为米酒和果酒。比如葡萄酒就属于果酒。其他大部分酒都是用谷物酿造的,也就是米酒。而米酒按照酿造工艺来分,又可以分为浊酒和清酒。

浊酒,如字面意思,就是看着比较浑浊的酒。之所以浑浊,是因为这种酒没有经过过滤,比较接近现如今大家喝的醪糟。浊酒的特点是酿造工艺简单,酿造时间短,口感偏甜,酒精度低。

唐朝民间喝的酒大多是浊酒,因为便宜,酿造简单,性价比很高。除了白居易,杜甫也是浊酒的受众之一,如他在《登高》中所写:"艰难苦恨繁霜鬓,潦倒新停浊酒杯。"

在崔家姐妹进行了一番关于浊酒的讨论之后,崔大人提出了异议:"你们爱喝浊酒是因为你们喝清酒的次数太少了,而且没喝过真正好喝的清酒。"

崔十三娘不服:"前阵子我哥还给我喝了他斥巨资买来的清酒呢,我觉得也就那么回事。"

"你等着。"崔大人吩咐侍女,"把前几日我带回来的阿婆清拿过来。"

阿婆清,酒名,唐朝著名清酒品类。清酒是指经过二次加工过滤的酒,比浊酒酿造工艺更复杂,耗时更长,酒精度更高,价格也更贵。

崔大人打开阿婆清让大家闻闻。他炫耀:"我觉得阿婆清是蛤蟆陵最好喝的酒。蛤蟆陵你们知道的吧?就在常乐坊内,长安城产酒圣地。我同事老张住在蛤蟆陵,前几日去他家蹭饭,我在马车上就闻到了酒香。我好这口,忍不住去东市买了点。"

除了阿婆清,蛤蟆陵还产另一种清酒,叫作郎官清。

唐朝清酒的价格普遍比较高。李白在《行路难·其一》中写过："金樽清酒斗十千，玉盘珍羞直万钱。"十千就是一万钱，即十两银子。和浊酒相比，清酒可以说是酒中奢侈品了，普通百姓一般喝不起。不过没关系，虽然"金樽清酒斗十千"，但"李白斗酒诗百篇"啊，换算下来，这酒喝得还是非常值的！

崔夫人说："巧了，杨二上次来家里做客，带了一坛新丰酒给我。要不我一并拿出来，大家品品。"

"好，你快让人取来。"

侍女取来新丰酒，一开盖，果然香气四溢，和刚才那坛阿婆清不相上下。

新丰酒也是唐朝名酒代表之一，王维在《少年行四首·其一》中写道："新丰美酒斗十千，咸阳游侠多少年。"也是一种很贵的酒呢！

崔侍中见儿子和儿媳妇都把藏酒拿出来了，他按捺不住，也让侍从帮他取了坛酒来。他给大家介绍："今天早朝时，陛下夸我工作做得好，季度任务提前完成，赐给我一坛桑落酒。正好，今天我们就来一场品酒盛宴吧。"

侍女给大家斟满美酒，在温馨的家庭氛围中，一家人酒足饭饱。崔十三娘喝得微醺，但她享受这样的感觉，她已经很久没跟家人在一起喝酒了。

崔夫人说："清酒还真是贵有贵的道理，确实不错。"

崔大人说："夫人若是喜欢，下次我再给你买其他酒尝尝。我朝名酒很多，除了你喝的这几款，还有宜城酒、郎官清、剑南烧春……"

"好啊好啊，等我练练酒量，下次再开怀畅饮。"

大家正准备散了回房休息,崔九郎醉醺醺地回来了。崔十三娘闻到他一身酒气,问:"哥,你这是喝了多少啊?在哪儿喝的啊?"

"在西市,曹四娘的酒肆。"崔九郎说,"他们家酒肆的葡萄酒实在是醇香诱人,还有美丽的胡姬跳着胡旋舞助兴,我心情好,一下没忍住就多喝了些。"

崔十三娘还没来得及开口,崔九郎又开始说醉话:"还有最近新出的三勒浆酒,着实美味,下次我要带你们去喝。喝他个痛快!啊,真是太好喝了!"

三勒浆酒产自波斯,是用庵摩勒、毗梨勒、诃梨勒这三类植物酿造的。唐朝丝绸之路往来经济繁荣,西域美酒也随之传入中原,葡萄酒和三勒浆酒都是这样被唐朝人认识并喜爱的。

崔五娘被崔九弄得很郁闷,吐槽说:"再好喝你也不能牛饮啊。酒不要混着喝,你明天起来该头疼了。"

"哎呀,我已经有点头晕了,扶我,快扶我一把。"

"你可真行。"

崔十三娘和崔五娘骂骂咧咧地一同搀扶着崔九郎回房了。

确实,酒再好喝也不能贪杯。成年人也就罢了,未成年人是绝不能随便饮酒的。

小知识:

1. 关于酒的由来,有"仪狄酿酒"说和"杜康酿酒"说。《战国策》记载:"昔者,帝女令仪狄作酒而美,进之禹……"仪狄是大禹时期的人,也就是说,酒在大禹时期就已经出现。
2. 唐朝的产酒之地和酒名,如《唐国史补》记载:"酒则有郢州之富水,乌程之若下,荥阳之土窟春,富平之石冻春,剑南之烧春,河东之乾和蒲萄,岭南之灵溪、博罗,宜城之九酝,浔阳之湓水,京城之西市腔,虾蟆陵郎官清、阿婆清。又有三勒浆类酒,法出波斯。三勒者谓庵摩勒、毗梨勒、诃梨勒。"这里就提到了蛤蟆陵的郎官清、阿婆清,来自波斯的三勒浆,还有大名鼎鼎的剑南烧春。

3. 《酉阳杂俎》记载:"安禄山恩宠莫比,锡赉无数。其所赐品目有:桑落酒、阔尾羊窟利、马酪、音声人两部、野猪鲊、鲫鱼并鲙手刀子、清酒、大锦……"大致意思是,安禄山很受宠,唐玄宗赏赐了他很多东西,其中有桑落酒、马奶酒和清酒。

小饮去酒肆，大醉来酒宴

想起前几日的宿醉，崔九郎还是有些头疼，他很久很久没这么放肆地喝过酒了。那一日，他只记得自己到家跟家人们打了招呼，后来……他眼睛一闭一睁，就是第二天下午了。为此，最近几天他没少被嘲笑。

春日的午后，崔家兄妹坐在凉亭里喝茶赏花。崔五娘旧事重提，对崔九郎说："咱们这样安静地喝喝茶多好啊，酒又不是什么可以强身健体的东西，意思一下就行了。你以后可不许贪杯了。"

"我知道啦，唉，其实我已经受到惩罚了，那顿酒之后，我不舒服了好几天。"

"小饮在酒肆，大醉在酒宴。你倒好，去个酒肆能喝成这样。"崔五娘摇头叹气，"好在你朋友把你送回来了，不然醉倒在街头都没人管你。"

"西市的酒肆氛围好啊，有歌舞音乐，无拘无束。尤其是曹四娘开的那家胡姬酒肆。"

唐朝的酒文化繁荣，长安城内遍地都是酒肆。其中，胡姬酒肆是唐朝酒文化的标志之一。随着西域和中原的贸易往来越来越频繁，越来越多胡人来到长安,他们的生意场所遍布东西二市。这些胡人开的酒肆中一般都有美丽的胡女为客人服务,有的当垆卖酒,有的提供歌舞表演,因而被称为胡姬酒肆。

唐朝是诗歌蓬勃发展的时代,诗人又大多爱喝酒,不少诗人还为"胡姬酒肆"这一文化现象留下了作品。如李白的《少年行二首·其二》:"五陵年少金市东,银鞍白马度春风。落花踏尽游何处,笑入胡姬酒肆中。"

崔家姐妹是曹四娘的好朋友,平时有空经常会去光顾曹四娘的酒肆,她们很认同崔九的话,西市的胡姬酒肆确实是日常消遣的好去处。在那儿喝到的葡萄酒和三勒浆酒味道纯正,口感一绝。

崔十三娘想起了崔九去年几次醉酒的事,调侃说:"以往你喝醉,一般只在大型酒宴上。比如春节前在宁王府那次,再比如去年冬至在杨二家的宴会上。"

"宁王可是长安城最会张罗酒宴的人了,杨二平日里文质彬彬的,没想到喝起酒来一点不比我差。"崔九总结说,"跟他们喝酒都挺有意思的,只可惜我短时间内不想再醉一次了。"

好巧不巧,就在此时有侍从来报,说宁王那儿的人来送帖子了,请他今晚去赴宴。

崔九郎:"……"

崔十三娘:"哈哈哈哈哈。"

侍从:"宁王还带话说,今晚有御赐的高昌葡萄酒,说你肯定会喜欢,让你务必带着姐妹一起去捧场。"

崔九郎不好意思拒绝,只得应了这个酒约。

崔十三娘听说有御赐的高昌葡萄酒,很感兴趣:"葡萄酒啊,我喜欢,我要多来几杯。"

（元）任仁发《五王醉归图》

崔五娘说："我也爱喝。而且宁王府每次酒宴都很热闹，能欣赏各种歌舞乐曲，中原的、西域的，应有尽有。上次我印象最深的是剑器舞，这次估计还会有新的惊喜呢。"

长安城贵族子弟云集，大户人家时常举办酒宴。唐玄宗的弟弟岐王李范就是唐朝历史上非常有代表性的酒宴主人之一。且每次岐王府举办酒宴，歌舞艺术家都云集。唐朝"爱豆"之首的李龟年就是岐王府的常客，杜甫就曾在《江南逢李龟年》一诗中这样描述李龟年："岐王宅里寻常见，崔九堂前几度闻。"

除了杜甫，王维也是岐王宴会的座上宾。他们都有留下关于岐王宅中宴饮的诗词。

崔九郎喝光了杯中茶，对崔五娘和崔十三娘说："既然要去赴宴，你们也该去准备一下了，女孩子出门不是要化妆嘛。"

"那是必须的，今晚有好酒好菜，还有歌舞，化妆才是对这次酒宴的尊重。"

"我最感兴趣的是御赐的高昌葡萄酒,而且得用夜光杯喝。在灯光下一边欣赏歌舞一边品尝美酒,乃人生一大乐事!"

葡萄美酒夜光杯,若年年都是歌舞升平的盛世,那才是最好的大唐光景。

小知识:

1. 杜甫在《饮中八仙人》一诗中刻画了当时长安城以喝酒闻名的八个人,分别是李白、贺知章、左相李适之、唐玄宗的侄子——汝阳王李琎、吏部尚书崔日用之子——崔宗之、户部侍郎苏晋、书法家张旭,以及平民焦遂。
2. 《太平御览》记载:"又曰:蒲(葡)萄酒,西域有之,前代或有贡献。及破高昌,收马乳蒲萄实,于苑中种之,并得其酒法,上自损益造酒。酒成,凡有八色,芳香酷烈,味兼醍醐,既颁赐群臣,京师识其味。"大致意思是,大唐攻破高昌之后，引进了葡萄酒的酿造方法，太宗把葡萄酒赐给群臣喝，葡萄酒慢慢在长安城流行起来。
3. 王维《从岐王夜宴卫家山池应教》一诗描述了在岐王府宴会的场景："座客香貂满，宫娃绮慢张。涧花轻粉色，山月少灯光。积翠纱窗暗，飞泉绣户凉。还将歌舞出，归路莫愁长。"
4. 元代画家任仁发的《五王醉归图》就是一幅以"宴饮之后"为主题的画作，画中描绘了当时还是临淄王的唐玄宗李隆基和他四个兄弟喝醉酒骑马回家的场景。此画现藏于上海苏宁艺术馆。

香之道 一

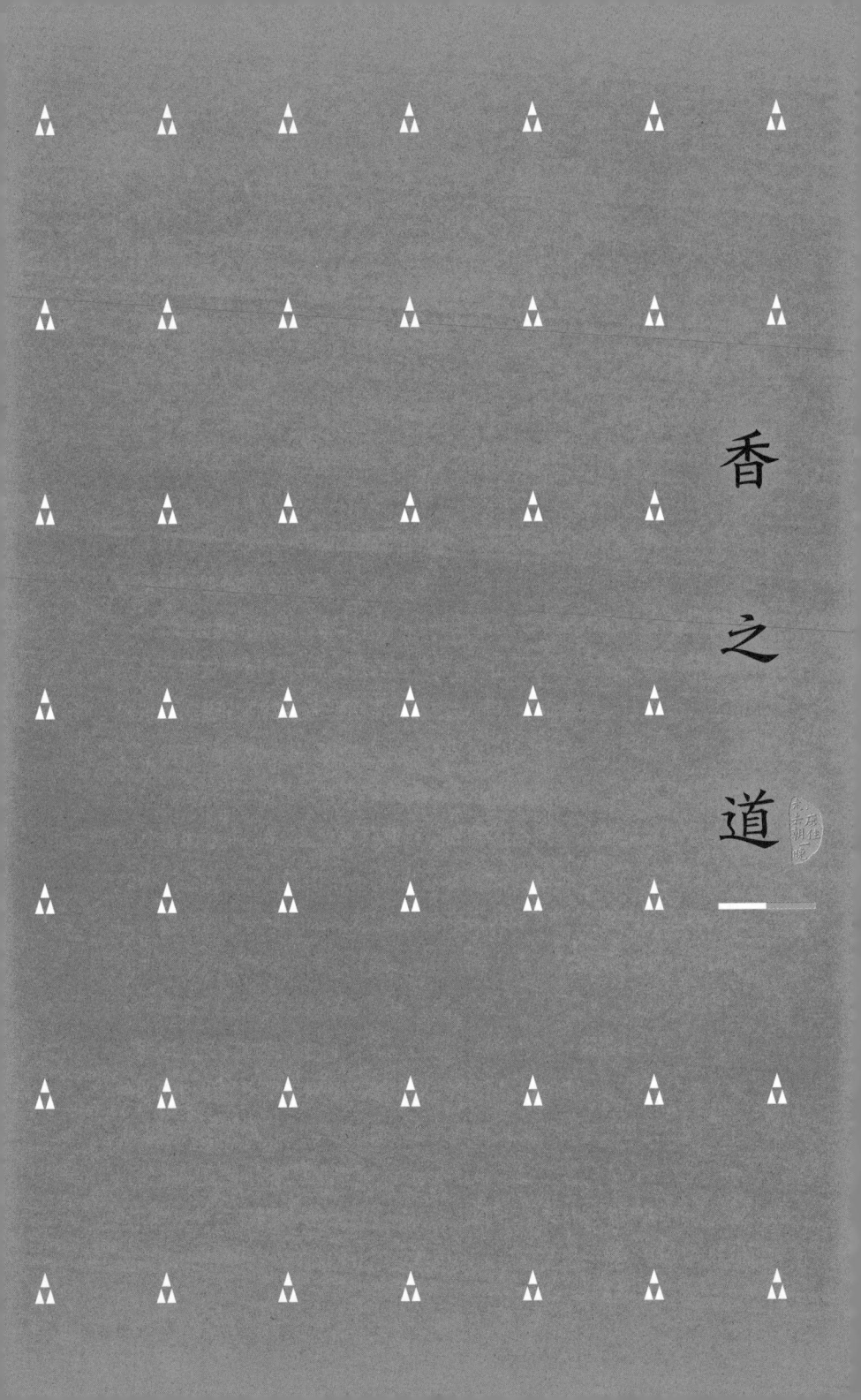

焚香熏香，富贵之家的最爱

近来气温逐渐升高，虽不至于说炎热，但已经不像阳春时节那么让人心情舒畅了。一场雨过后，天气凉爽了些，崔十三娘和崔五娘陪着奶奶去杨家探亲。崔家奶奶和杨二郎的奶奶本就是沾亲带故的关系，两人年轻时又是很好的朋友，即便到了这把年纪，也会隔三岔五互相走动。

杨家是书香世家，招待客人的礼数很到位。听说崔家人要来做客，他们将厅堂打扫得干干净净，还特地焚了香。崔十三娘一走进去就闻到了，她对这个味道很熟悉，是她喜欢的檀香。

崔五娘也闻到了，她问杨二郎："表哥，你家熏的是檀香吧？闻着令人心旷神怡。"

杨二郎点头："前几日，我爸的朋友送了他一些香料，除了檀香，还有沉香、麝香、安息香、没药和乳香。"

"都是上好的香料呢，有些还是进口的，普通人家怕是用不起，你爸的这位朋友真有钱。"

"我爸人缘一直很好。表妹要是喜欢这些香料，回头我给你取一些带走。"

"那我就不客气了。"

崔五娘很开心,没想到还有意外收获。她和崔十三娘都是资深的香道爱好者,平时在家有焚香的习惯。

早在先秦时期,古人就有焚香的传统,不过那时候的焚香主要用于祭祀和宗教活动。

唐朝是香文化飞速发展的时期,人们对香料的需求超过了以往任何一个朝代。尤其是唐朝的丝路贸易繁荣,西域和东南亚各国的香料不断涌入大唐王朝,皇室和勋贵之家日常用香已十分普遍。

崔十三娘趁着姐姐和杨二郎寒暄,细细打量起了眼前的香炉。这是一个鎏金铜制博山炉,炉身外形看上去是一座山的形状,"山体"上还盘着几只长得像麒麟的瑞兽,山顶立着一只神鸟。看到这样精美的工艺,崔十三娘盲猜香炉价格不便宜。

"这博山炉真好看,烟从里面冒出,远看颇有海外仙境的感觉。"

杨二郎听到崔十三娘对这个博山炉有兴趣,很开心:"这是我自己画的图,让工匠照着做的。我很喜欢博山炉,书房还有好几个,一会儿带你们去欣赏欣赏。"

博山炉始于西汉时期,因外形像海上博山而得名。这种香炉的特点是:焚香时有轻烟从镂空的花纹中飘出,仙气飘飘,仿佛真的置身于海上仙山。从两汉到魏晋再到唐朝,博山炉的身影一直存在。

崔家姐妹和杨二郎聊起了香道,两位奶奶则一直在拉家常,她们许久未见,聊得格外投机。为了不打扰她们叙旧,杨家父母提议让杨二郎带两位表妹去花园里走走。

"好嘞,那我们去玩一会儿再回来。"

崔十三娘跟长辈们打了招呼,跟着表哥和姐姐去花园了。

走在廊道上,崔十三娘闻到了杨二郎衣服上的香味。以她对香料的熟悉程度，一闻她就知道是沉香。问了杨二郎，果不其然。

杨二郎说："我在书房看书的时候，闲来无事喜欢烧印香。可能是因为我加的沉香粉比较多，衣服上就沾上了香味。"

"印香"是唐宋文人雅士很喜欢的一种焚香方式，步骤很简单，只需用模具（香篆模）将香粉印成自己喜欢的图案，点燃香粉即可。

崔五娘发现了不对："可我怎么闻着还有别的香味？好像不只沉香……咦，十三娘，好像是你身上的香。"

"哈？我的？"崔十三娘想了想，顿时明白了。她将随身携带的香囊拿给大家看，"应该是这个，我自己绣的香囊，里面有多种混合在一起的香料，有零陵香、丁香、沉香、降真香。"

"你这香囊绣得真好看。"

"谢表哥夸奖，你要是喜欢，改日我绣一个送你。"崔十三娘对崔五娘说："姐姐你要是喜欢，我也给你绣一个。刺绣嘛，我拿手。"

崔五娘和杨二郎异口同声答应，表示很想拥有。

香炉焚香和佩戴香囊都是唐朝人日常用香的方式。在汉朝以前，古人一般直接焚烧香料。但这样不仅烟大，香料损耗也快。随着香文化的发展，合香逐渐占主导地位。唐朝人一般会把香料制作成香粉、香饼或香丸使用。到了宋朝，合香技术已经非常成熟，焚香的场所也越来越多，香文化从权贵之家逐渐走进平民百姓家。

崔十三娘承诺了送香囊的事，脑子里立刻开始盘算绣什么图案了。

杨二郎想起一个事。他说："许多上好的沉香都是从国外进口的，价格不便宜，我平时都省着用。可上个月，我去一位富商亲戚家参加宴会，他们家居然用沉香木做庭院的栏杆，真是太奢侈了。"

崔五娘说："据说宫里还用沉香木做假山呢。"

"是的,我见过。皇宫中自然是比较奢侈的。"

"我还听说了一件让我很意外的事。"崔五娘说,"那些贵族子弟会见宾客之前会口嚼香料,然后与人交谈,吐气芬芳……"

崔十三娘听得目瞪口呆,土豪的世界她不懂。她觉得,能在家中焚一炉香,做几个香囊,就已经是很幸福的事了。

小知识:

1. 唐朝的富贵之家焚香十分普遍,如《开元天宝遗事》记载:"元宝好宾客,务于华侈,器玩服用,僭于王公,而四方之士尽归而仰焉。常于寝帐床前雕矮童二人,捧七宝博山炉,自暝焚香彻晓,其骄贵如此。"大致意思是,一位叫王元宝的人喜欢奢华的生活,他家很多器物比王公之家用的还贵重。他在床前摆了两个木雕矮童,手捧七宝博山炉,炉中彻夜焚香。

2. 《开元天宝遗事》记载:"宁王骄贵,极于奢侈,每与宾客议论,先含嚼沉麝,方启口发谈,香气喷于席上。"大致意思是,宁王生活十分奢侈,每次他与宾客谈论的时候,他会先在口中嚼沉香、麝香,然后开口说话,口吐香气。

3. 《酉阳杂俎》记载:"天宝末,交趾贡龙脑,如蝉蚕形。波斯言:老龙脑树节方有,禁中呼为瑞龙脑。上唯赐贵妃十枚,香气彻十余步。"大致意思是,交趾国曾向唐朝进贡龙脑香,唐玄宗赏赐了十枚给杨贵妃,瑞龙脑的香味在十步外都能闻到。在当时,龙脑香十分珍贵,一般只有皇族才有资格用。

4. 唐玄宗时期的宰相杨国忠奢靡成风,他以沉香为阁,檀香为栏,用麝香和乳香和泥刷墙壁,建了一座四香阁。见《开元天宝遗事》:"国忠又用沉香为阁,檀香为栏,以麝香、乳香筛土和为泥饰壁。每于春时木芍药盛开之际,聚宾客于此阁上赏花焉。"
5. 唐朝诗人王建的《香印》描述的就是室内烧印香的场景:"闲坐烧印香,满户松柏气。火尽转分明,青苔碑上字。"

衣食住行，生活处处皆有香

从杨家做客回来，崔十三娘和崔五娘姐妹俩都很开心，因为杨二郎送了她们不少好香料。她们商量着把这些香料做成香丸，送一些给好朋友王十一娘，剩下的两人对半分。

这一日，崔家姐妹正在家中绣香囊，侍女过来传话，说王十一娘来了。

崔十三娘和崔五娘去门口相迎。王十一娘满头珠钗，穿了身鲜艳的衣裙，她一向喜欢打扮得雍容华贵。今日她去东市购物，路过崇仁坊，顺便给崔家姐妹捎带点东西。

"十三娘，你房间里怎么有股暖香味，这是什么新奇的香薰？"王十一娘进门就问。

崔十三娘骄傲脸："这是我之前做的香丸。昨日我们去杨家做客，杨二送了我们一些不错的香料，等新的香丸做好了，我给你送一些去。"

"不愧是好姐妹，那我就等你的香丸啦。"

王十一娘走近香炉，只见香炉中并没有烟冒出来。她问："这是隔火熏香？"

"是啊。虽然比不上烧印香那般香气四溢,但女孩子房间用隔火熏香更温馨。"

隔火熏香是唐朝出现的一种焚香方式。和直接燃香的香篆不同,隔火熏香的特点是不会产生烟火。大致步骤是:首先,将烧红的香炭埋入香灰中,盖上香灰,并留一个透气的小孔;然后,在留孔的香灰上面放置一枚隔热薄片,比如云母片、银片等;最后,将香丸放在薄片上,隔火熏烤,使香味散出。

这种熏香方式发展于唐朝,兴盛于宋朝,深受文人雅士的喜爱。

三个女孩兴奋地聊着天,王十一娘让侍女把她带来的郁金香酒拿过来,趁着心情好喝一杯。

崔十三娘说:"这郁金香酒是我哥的最爱,他天天挂在嘴边呢,说有一股独特的香味。"

此"郁金香"非后世大家理解的郁金香花,而是一种叫作"郁金"的香草,可作香料,也可以入药,唐朝人喜欢用郁金泡酒。郁金香酒呈琥珀色,有特殊的香味。

"还真别说,郁金不就是香草嘛,这郁金香酒也算是用香料制作而成的,当然香了。"王十一娘说着,又喝了一口,"口感醇厚,难怪你哥那么喜欢。"

"照你这么说,我们吃的烤肉中加了胡椒、桂皮,这些也都是香料。"崔五娘笑着总结,"我朝人民是会享受生活的,点着香薰,吃着用香料制作的美食,喝着用香料制作的美酒。"

崔十三娘附和:"我们生活中用香料的地方多着呢。药铺里有辛夷、郁金、白芷……这些香草既可以调香,又可以入药。还有我们化妆用的香粉、口脂,洗澡用的澡豆,里面也都加入了香料。"

王十一娘抢答:"还有寺庙用香。我朝百姓虔诚,寺庙香火鼎盛,对香料的需求量也是很大的呢。"

"听杨二表哥说,全国各府衙内都会焚香;每逢科举考试,考场内要焚香;哦对,朝堂上也摆着香炉呢。"

"嗯,这个我知道。"崔五娘回忆说,"每次上朝回来,爷爷的袖子上都有沉香的味道,估计他站的地方离香炉比较近。"

王十一娘想起一个事:"我姑姑是后宫妃嫔,我每次进宫看她,见宫中女子用熏笼很频繁。熏笼可是个好东西,可以把衣服熏得香香的。回头我也给自己搞一个。"

"我也要。"

"好,交给我,给你们每人搞一个。"

她们口中所说的熏笼,是古代宫中女子常用的熏衣、取暖二合一神器。熏笼一般由两部分组成,外部是用竹子编制的框架,里面是香炉。在香炉中添上香料,将竹笼罩在香炉上,可以在上面熏衣服、取暖。长沙的马王堆汉墓中就出土了竹制熏笼,说明早在汉朝,熏笼就已经出现了。

除了以上提到的饮食用香、医药用香、美容用香、寺庙用香,以及各大特定场所用香,唐朝的香料还被运用到了其他方方面面。可以说,丝绸之路和海上丝绸之路的兴盛,促进了西域及东南亚各国和大唐的香料贸易,也使得唐朝人民的生活和香料结合得更加紧密。

吃喝玩乐,衣食住行,唐朝人的生活里处处皆是香料。

小知识：

1. 李商隐的《烧香曲》中描述了"隔火熏香"的焚香方式："钿云蟠蟠牙比鱼，孔雀翅尾蛟龙须。漳宫旧样博山炉，楚娇捧笑开芙蕖。八蚕茧绵小分炷，兽焰微红隔云母。白天月泽寒未冰，金虎含秋向东吐……"

2. 白居易《后宫词》中描绘了宫中妇女斜倚熏笼的场景："泪湿罗巾梦不成，夜深前殿按歌声。红颜未老恩先断，斜倚薰笼坐到明。"

3. 唐朝医学家孙思邈所著《千金翼方》中记载："面脂手膏，衣香澡豆，士人贵胜，皆是所要。"这里提到了唐朝人的美容用香。

4. 杜甫在《曲江对雨》一诗中描绘了芙蓉别殿中焚香的场景："城上春云覆苑墙，江亭晚色静年芳。林花著雨燕支湿，水荇牵风翠带长。龙武新军深驻辇，芙蓉别殿谩焚香……"

5. 李白曾去朋友家里做客，朋友用郁金香酒招待他，见《客中行》："兰陵美酒郁金香，玉碗盛来琥珀光。但使主人能醉客，不知何处是他乡。"

端

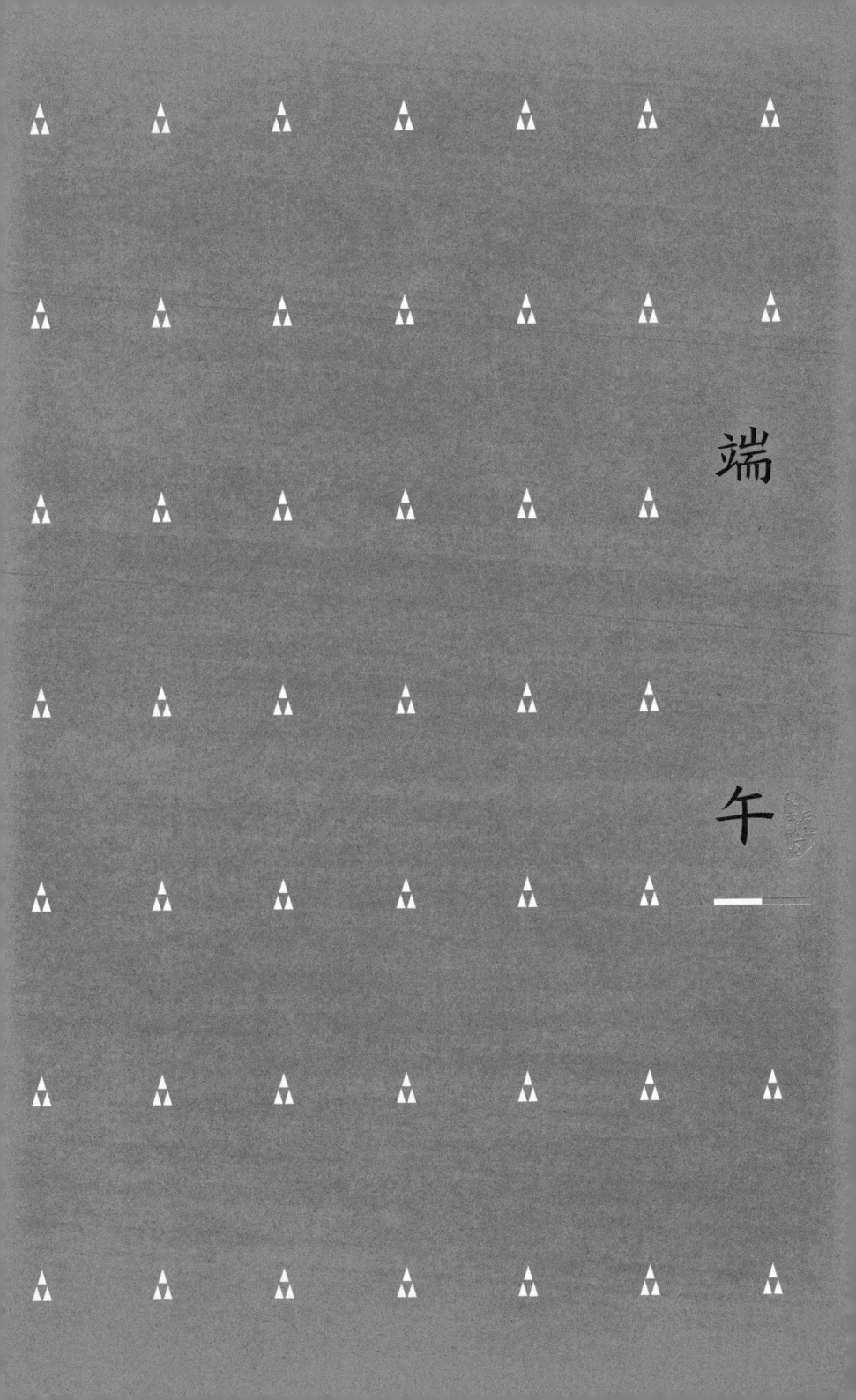

午

"恶月"退退退,我们要过节,要休假

　　农历五月五日这一天,崔十三娘大清早就起床了,令全家人刮目相看。不是因为她不想睡懒觉,而是这一天的活动非常丰富,她实在兴奋,睡不着。

　　既然是重要的日子,免不了要化妆打扮。崔十三娘沐浴一番,换了身全新的衣裙,兴致勃勃地带着侍女去了崔五娘的房间。她想把崔五娘叫起来,一起去门口挂艾草。

　　殊不知,崔五娘起得更早,她一出门就跟前来找她的崔十三娘打了个照面。她笑着调侃妹妹:"难得在这个时间看见你,不睡懒觉是个好习惯,请保持。"

　　"这不是心情激动嘛。老妈让我来找你,一起去挂艾草。"

　　"走,先去挂正门。"

　　姐妹俩手挽着手,开开心心挂艾草去了。端午挂艾草的习俗自古就有,在唐朝自然也是很流行的。

　　除了挂艾草,端午节另一个跟植物有关的习俗就是兰汤沐浴。

兰汤沐浴又叫浴兰汤，简单来说就是用草药泡澡的意思。这也是崔家姐妹非常喜欢的环节，女孩子爱美，谁不喜欢泡澡呢。

每年到端午，崔夫人一大早就会让侍女给全家人准备兰汤沐浴的草药包。所谓"兰汤"，可以理解为用来泡澡的中草药，一般用到的有艾草、菖蒲、白玉兰、柏叶、零陵香等，可以根据个人喜好调配。

崔十三娘挂完艾草，对崔五娘说："你有没有觉得，今年兰汤浴的草药包更好闻了呢。"

"听老妈说，今年的草药包是她亲自搭配的，加了好几味香草。起床泡完澡，我整个人都舒服了。"

"还是咱们老祖宗有智慧，五月天气炎热，可不得好好泡个澡嘛。驱蚊驱虫，长命百岁。"

"是啊，所以屈原才会写出'浴兰汤兮沐芳，华采衣兮若英'这样优美的诗句。"崔五娘感叹，"文学来源于现实，还真是没错。"

"我觉得五月除了天气热点，其实也挺好的，不知道为什么古人要说五月是恶月、毒月。"

正如崔十三娘所说，自古以来，五月被称为恶月或毒月，其根本原因是，五月气温逐渐变热，蛇虫鼠蚁开始出动，山林中瘴气开始肆虐……因而从五月开始，被虫咬、感染、生病、死亡的概率也随之增加。缺乏科学认知的古人觉得，五月不吉利啊！尤其是五月五日，简直就是双倍不吉利！

既然是不吉利的恶月，怎么办？老祖宗开始钻研破解之法。比如在门上挂艾草，因为艾草可以驱虫治病；比如兰汤沐浴，因为这些草药都可以抵抗毒虫，预防疾病，保护身体健康。在没有科学解释的年岁里，古人能想到这样的办法，也是非常有智慧了。

崔五娘安慰妹妹说:"虽然古人都认为五月是恶月,但如今的五月五日再也不是什么忌讳的日子了,而是国家法定节假日呢!每年今天,老爸和爷爷都不用早起上班,他们也很高兴。"

"刚听老妈说,下午爸爸和爷爷会跟我们一起出门踏青、赛龙舟、吊屈原。"

"是吗?爷爷好几年没凑这个热闹了。"崔五娘拉着妹妹,"走,我肚子饿了,陪我去吃角黍吧。"

姐妹俩来到餐厅,早饭已经准备好了。今天的早餐很丰盛,除了日常吃食以外,还有端午特供的角黍、九子粽、百索粽子。

崔夫人说:"这些吃的是你们爸爸和爷爷从宫里带回来的。昨天陛下心情好,给群臣赏赐了百索粽子和角黍,说让大家好好过节。"

角黍是粽子的前身,是用黍米做的一种角状小吃,故名"角黍"。慢慢地,人们用糯米代替了黍米,于是有了现在的粽子。

崔十三娘吃了一个百索粽子,边吃边夸赞:"御赐的粽子就是不一样,真香。"

崔侍中看孙女喜欢,很开心:"还有很多呢,你要是爱吃就多吃点。"

"不了,我还得留着肚子吃别的呢。"崔十三娘说,"吃完早饭,我们来射团游戏吧。"

"好啊好啊,你来摆角黍。"崔九郎说,"我先射。我技术好。"

射团是唐朝端午游行的一种小游戏,玩法很简单,把角黍、粉团等小吃摆在盘子里,用小巧的弓箭去射,射中了就可以吃。

一直没说话的崔大人开口了:"要论射箭,你们爷爷年轻时候可是个中翘楚呢。一会儿让他给你们露一手。"

崔十三娘诧异:"真的吗?爷爷射箭这么棒?那我可得好好开开

眼界。"

"射是君子六艺之一,我们都是从小学的。你们爷爷天赋异禀,学得比旁人更好。"

崔五娘说:"爷爷平时工作忙,难得有空陪我们吃饭、玩游戏。以往这个时候,你们都在朝堂没回家呢。感谢我朝皇帝,开了五月五日放假的先河。希望这个假期能一直延续下去。"

没错,端午成为国家法定节假日是从唐朝开始的。感谢唐朝皇帝,赐给我们假期!

小知识:

1. 《荆楚岁时记》记载:"五月俗称恶月,多禁。忌曝床荐席及忌盖屋。"意思是,五月被称为恶月,禁忌很多,比如,不能晒垫在床上的草席,不能盖屋顶。

2. 《文昌杂录》记载:"唐岁时节物,元日则有屠苏酒、五辛盘、咬牙饧……五月五日则有百索粽子。"这里提到了,唐朝五月五日有吃百索粽子的习俗。百索粽子是指外面缠绕很多丝线的粽子。

3. 关于射团游戏,《开元天宝遗事》记载:"宫中每到端午节,造粉团角黍贮于金盘中,以小角造弓子,纤妙可爱。架箭射盘中粉团,中者得食。盖粉团滑腻而难射也。都中盛于此戏。"大致意思是,每年端午节,宫女们就会把粉团和角黍摆在金盘里,用小巧的弓箭射盘中物。

4. 《唐六典》中记载了唐朝官员放假的标准:"内外官吏,则有假宁之节……春秋二社、二月八日、三月三日、四月八日、五月五日、三伏日、七月七日……并给休假一日。"这里明确提到，五月五日（端午）休假一天。也正是从唐朝开始，端午成为官方法定节假日。

5. 唐朝初期还没有"端午节"这一官方说法，统称"五月五日"。但"端午"的说法是存在的，最早出现于西晋周处所著的《风土记》："仲夏端午，烹鹜、角黍。注：端，始也，谓五月初五日。"民间习惯把五月五日称为"端午"，甚至有很多以"端午"为题的诗词。

6. 虽然"五月五日为端午"的说法在唐朝之前就有了，但其官方定义始于唐宪宗李纯发布的诏书《亢旱抚恤百姓德音》："其诸道进献，除降诞、端午、冬至、元正，任以土贡，修其庆贺，其余杂进，除二日条所供外，一切勒停。"这是官方文书中第一次用"端午"二字替代了以前常用的"五月五日"。

斗百草、赛龙舟，唐朝端午也很嗨

午后，崔家一大家子都出门游玩了。

今年端午的天气相对凉爽，时不时还有清风吹来，风中夹杂着艾草的清香，令人十分舒爽。曲江边游人很多，大多是为了围观端午赛龙舟而来的。

崔十三娘在江边看见了好朋友王十一娘，赶紧上前打招呼。不一会儿，很多相熟的小姐姐都聚在了一起。姑娘们无一例外，手臂上都缠着五色丝线。这一习俗叫作"辟兵"，据说可避免瘟疫。

王十一娘悄悄将崔家姐妹拉到一边，塞给了她们两个香囊："上次见你们绣香囊，我回家也绣了几个。想着今日在这里能碰到你们，就带出来了。没想到果真碰上了！"

"绣得真好看。"崔五娘说，"我要在里面放上香草，驱虫辟邪。"

崔家姐妹很喜欢这份礼物。崔十三娘略有遗憾："可惜我出门急，没来得及给你带礼物。"

"咱们谁跟谁啊，来日方长嘛，下次再给我也不迟。"

过了一会儿，龙舟比赛还是没有开始的迹象。崔五娘提议："赛龙舟还有一会儿才开始呢，这么干等着挺无聊的，不如我们来斗草吧。"

"好呀好呀。"崔十三娘满口答应,她可是斗草的高手呢。

一说定,姑娘们都找坚韧的花草去了。

斗百草是唐朝端午节习俗之一。玩法很简单,找一些韧性足的花草打结,双方手持花草,互相拉扯,谁的花草先断,就算是输了比赛。

据说,斗百草是由端午采集草药演变发展而来的。在唐朝,斗草已经是非常火爆的小游戏了。唐中宗的女儿安乐公主就很喜欢斗草。到了宋朝,人们对斗草的兴致有增无减,因而"斗草"也出现在许多诗词中,比如晏几道的"斗草阶前初见,穿针楼上曾逢"。

姑娘们颇有兴致地玩了几轮游戏,最终以崔十三娘获胜告终。为了表示对冠军的奖励,卢家的七娘送了崔十三娘一块绣花丝帕。崔十三娘非常开心,这个端午她还真是收获颇丰。

王十一娘看见不远处的崔侍中和崔大人,诧异了,她问崔五娘:"你爸和你爷爷居然也出来看赛龙舟了?他们好有兴致。我听我爸说,今晚陛下在宫中设宴招待百官,他在沐浴做准备呢。"

"我爸他们一早起来就用兰汤沐浴啦。端午宴请百官是宫中每年的保留节目,我早上就听我爷爷说过这事了,他们看完赛龙舟就回家。"

"是啊,几乎年年都举办。我爸说,宫中的端午宴会可热闹了。除了吃喝玩乐,陛下还会给大家赏赐很多东西,比如扇子、衣服、腰带。"崔十三娘露出艳羡的眼神,她又补充,"我倒不是羡慕他们能得到那些赏赐的东西,只是很想亲眼见识一下宫廷端午宴会是什么样的。"

"宫里的宴会太严肃了,也没啥意思。"王十一娘说,"我可不是吃不到葡萄说葡萄酸啊,你想,皇帝陛下就坐在上头呢,换你你能吃得开心?"

"有道理。那这样,改天你在你家搞个大宴会,越隆重越好,然后邀请我去玩。"崔十三娘趁机提要求。她知道王十一娘肯定会答应的,要知道,王十一娘可是长安城有名的沙龙女王,最喜欢张罗各种宴会。

果不其然,王十一娘一口答应:"等天气再热一些,我邀请大家来我家参加避暑宴。"

"一言为定!"

在她们谈笑之间,龙舟比赛就要开始了,游人们纷纷往江边走去。崔十三娘和崔五娘也赶紧回到父母身边。

江面上,参加龙舟比赛的几支队伍蓄势待发,气势十足,都在为拔得头筹而做准备。崔十三娘去年因为身体不舒服没看成龙舟比赛,今年格外期待。她和崔五娘互相押宝,赌哪支队伍能最终胜出。

很快,只听一声令下,赛龙舟开始了。

江边人声鼎沸,热闹非凡。

小知识:

1. 唐朝端午节有在手臂上缠五色丝带和互相赠送丝织物的习俗,见《荆楚岁时记》:"以五彩丝系臂,名曰'辟兵',令人不病瘟。又有条达等织组杂物,以相赠遗。"

2. 唐朝人在端午节这一天会玩斗草游戏,以及衍生出来的斗花游戏。见《荆楚岁时记》:"五月五日,谓之浴兰节。四民并踏百草之戏。采艾以为人,悬门户上,以禳毒气。"

3. 每逢端午，唐朝皇帝会给百官赐衣，杜甫就曾收到过赏赐，并写下一首《端午日赐衣》："宫衣亦有名，端午被恩荣。细葛含风软，香罗叠雪轻。自天题处湿，当暑著来清。意内称长短，终身荷圣情。"

4. 传说屈原在五月五日这一天投江，百姓为此感到哀伤，都划船想去救他。久而久之，赛龙舟成了端午节最有名的习俗之一。如《荆楚岁时记》记载："是日竞渡，采杂药。按：五月五日竞渡，俗为屈原投汨罗日，伤其死所，故并命舟楫以拯之。舸舟取其轻利，谓之'飞凫'，一自以为'水车'，一自以为'水马'。州将及士人，悉临水而观之。"

养宠物一

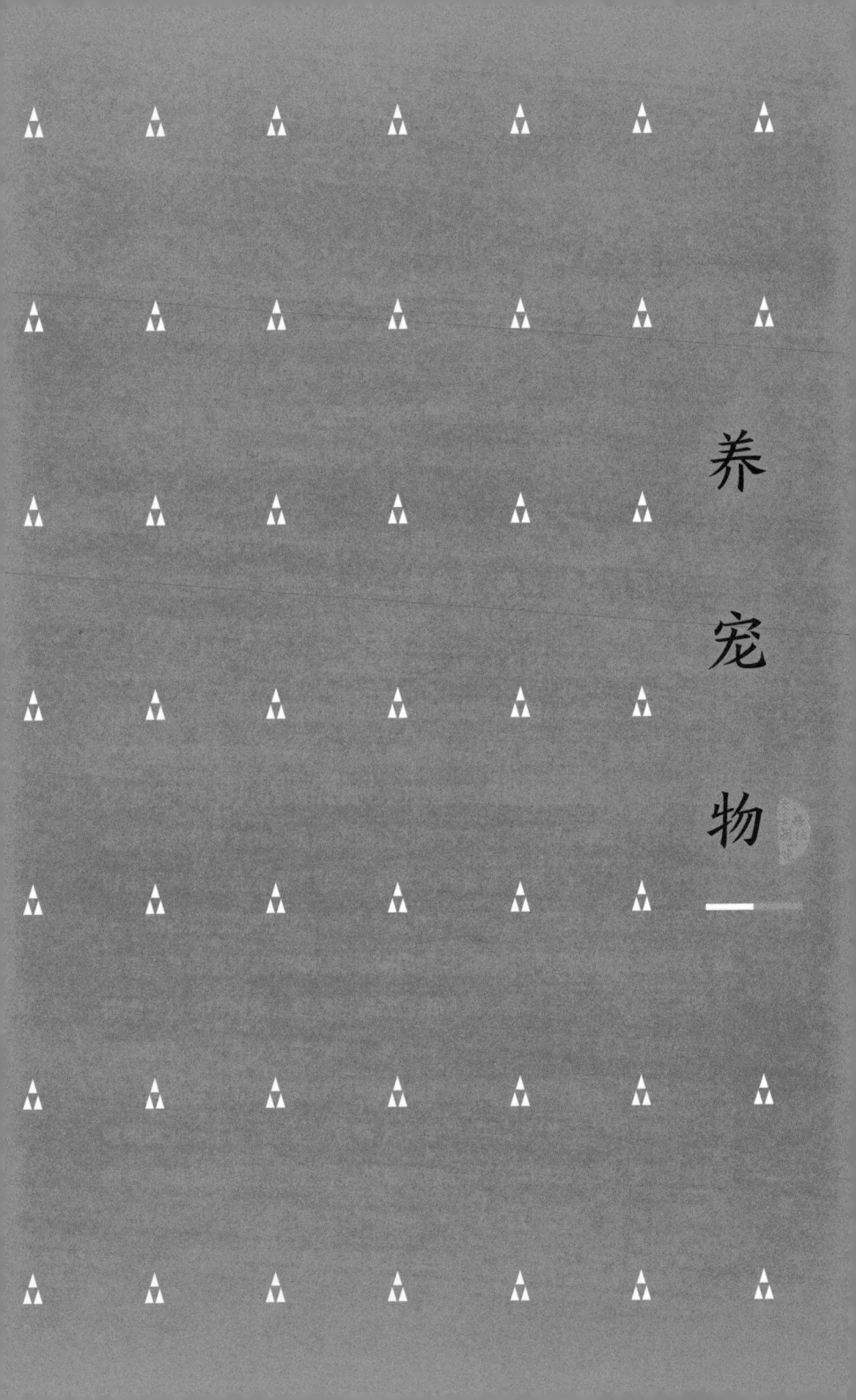

休闲时光，宠物温柔相伴

这几日，崔家上下都沉浸在喜悦的气氛中，因为家中有大喜事——崔十三娘和杨二郎订婚了。

崔十三娘去年就已及笄，长辈们不能免俗地操心起了她的婚事。巧的是，上个月崔奶奶带着崔家姐妹去杨家做客，和杨奶奶不约而同想到了结亲。于是，崔十三娘和杨二郎的婚事就这么愉快地定下了。

崔十三娘本人对这门亲事有些意外，但总体来说还是很满意的。谁让人家是个学霸呢，写诗作曲样样会，长得还好看。她从小就对文化人有滤镜，而杨二郎正好在国子监任职。尽管她跟杨二郎差了六七岁，但完全没有代沟，交流起来很顺畅，因为他们有很多共同的兴趣爱好，比如看书、焚香、画画、打马球……而且，他们都很喜欢小动物。

崔十三娘午睡醒来，崔九郎过来找她，告诉她一个好消息："杨二来看你了，还带了一只彩色鹦鹉，说是送给你的。"

"哇！"崔十三娘眼前一亮。上次去杨家做客，她就对杨二郎家的鹦鹉爱不释手。那只鹦鹉不仅长得好看，还会学人说话，聪明伶俐。

崔九郎取笑妹妹："在国子监上学的时候，杨二这个人挺严肃的，没想到还有这么贴心的一面呢。果然定了亲就是不一样啊！"

崔十三娘脸一红，她懒得理崔九郎，换了身衣服就去迎接杨二郎，哦不，主要是迎接她的鹦鹉。

唐朝人喜欢养宠物，鹦鹉是最受欢迎的宠物之一。唐玄宗有一只五色鹦鹉，长得好看，会学人说话，而且忠心护主。唐玄宗故意让旁人拉扯他的衣服，这只鹦鹉就会瞪着眼睛呵斥那个人。有人专门写了一篇文章赞颂五色鹦鹉的忠心，它也因此被称为"时乐鸟"。

杨贵妃也养鹦鹉，不过她养的是只白鹦鹉，还有个好听的雅号，叫"雪衣女"。这只雪衣女是岭南进贡的，唐玄宗赐给了杨贵妃。他们教雪衣女诵读诗词，雪衣女一学就会，非常聪明。

不仅宫中流行养鹦鹉，民间也有不少人以养鹦鹉和教鹦鹉说话为乐。

杨二郎家的鹦鹉已经养了两年，他不太舍得送人，于是去西市挑选了一只颜色最好看的鹦鹉，第一时间送来了崔家，想让崔十三娘开心一下。

崔十三娘一到厅堂就看见了杨二郎手中的鹦鹉，她的兴奋溢于言表。自从上次在杨家看见那只彩色鹦鹉，她就十分想拥有。万万没想到，幸福来得这么突然！

"它长得好好看！"崔十三娘问杨二郎，"它会说话吗？"

"只会说几句简单的，你可以教它，它很聪明，很快就能学会。"

随后而来的崔九郎和崔五娘也看到了这只鹦鹉，纷纷夸赞它长得好看。

崔五娘说："鹦鹉是有灵性的动物呢，只要好好对它，它对主人会很忠心的。"

"可不！我去年听说了一件神奇的事。一个富商家养了一只会说话的鹦鹉，富商的妻子和隔壁邻居有私情，他们合谋杀死了富商，把他的尸体扔进了枯井。他们以为自己做得滴水不漏，没想到这一切都被富商的鹦鹉看见了。"

崔十三娘和崔五娘面面相觑，然后看向崔九郎，表示不敢想象。

杨二郎说："这个案子我也听说了。衙门来查的时候，鹦鹉将一切说了出来，并带人找到了枯井中的富商尸体，案子最终得以告破。"

崔九郎和杨二郎讲的这故事，原型是《开元天宝遗事》中记载的《鹦鹉告事》。故事的最后，玄宗感叹鹦鹉忠义，封它为"绿衣使者"，并带入宫中饲养。

听完故事，崔十三娘对鹦鹉的喜爱更深了。她决定要好好对待杨二郎送她的这只鹦鹉，给它吃好喝好，教它说话背诗。

"下次去王十一娘家玩，我要把鹦鹉带给她看，她也喜欢小动物。"崔十三娘说，"她家养了一只拂菻狗，娇小可爱，跟人很亲的。"

拂菻狗原产于拂菻国（东罗马帝国），是一种体形娇小的卷毛小狗。也有人认为，拂菻狗和杨贵妃养的康国猧子是同一种犬类。

《开元天宝遗事》记载了这样一个小故事：唐玄宗和亲王下棋，眼看就要输给亲王了，一旁观棋的杨贵妃灵机一动，故意放跑了怀中的康国猧子。猧子搅乱了棋局，胜负难辨，唐玄宗为此非常开心。

崔五娘和崔九郎也见过王十一娘家的拂菻狗，那是她的宝贝，有时吃饭都要抱着，片刻不离身。

崔九郎说："我对拂菻狗没什么兴趣，我倒是很喜欢杨二养的那只仙鹤。"

"什么？你还养了仙鹤？"崔十三娘诧异。

杨二郎点头："养了没多久，你要是喜欢，下次带你去看看。"

(唐)周昉《簪花仕女图》(局部)

崔九郎又说:"裴三郎家养了好多马,他最喜欢的那匹甚是勇烈,可惜他小气,都不让我骑。"他说的裴三郎是崔五娘的未婚夫,去年二人定了亲。裴三郎喜欢打猎,家中养了不少良驹。

"要不,改天我们喊裴三郎一起骑马打猎?"杨二郎提议,"我见过一次他那匹马,确实是宝马!"

大家聊着天,开心地约定等天气好了一起出门打猎去。

小知识：

1. 岭南上贡白鹦鹉一事，见《谭宾录》："天宝中，岭南献白鹦鹉，养之宫中。岁久，颇甚聪慧，洞晓言词。上及贵妃，皆呼为雪衣女。"
2. 新疆吐鲁番阿斯塔那187号墓出土了一幅《双童图》，图中画了两个正在玩耍的小孩，其中一位小孩手里抱了一只卷毛小狗。这幅画是唐朝作品，说明唐朝民间也养宠物狗。
3. 玄宗养五色鹦鹉一事，见《酉阳杂俎》："玄宗时，有五色鹦鹉能言，上令左右试牵帝衣，鸟辄瞋目叱咤。岐府文学能延京，献《鹦鹉篇》以赞其事。张燕公有表贺，称为'时乐鸟'。"
4. 唐朝武德年间，高昌国曾向大唐进贡拂菻狗，这是拂菻狗第一次进入中国。见《旧唐书》："七年，文泰又献狗雄雌各一，高六寸，长尺余，性甚慧，能曳马衔烛，云本出拂菻国。中国有拂菻狗，自此始也。"
5. 唐朝画家周昉的《簪花仕女图》描绘了贵妇人逗弄拂菻狗的场景。画中有两只娇小的拂菻狗，还有一只白鹤，从中可以看出唐朝贵妇人养宠物的休闲生活。此画现藏于辽宁省博物馆。

出门打猎，宠物也能出力

天气晴朗的日子，崔家兄妹三人换上了胡服，开开心心出门打猎。他们抵达目的地时，其他小伙伴已经到了，有杨二郎、李十一郎、裴三郎，还有……

崔九郎以为自己看花眼了，仔细揉揉眼睛，没看错，是宁王！宁王怎么也来了？

"宁王殿下，你怎么在这里？"

宁王笑着说："我听杨二说你们要来打猎，正好我今天没事，来凑个热闹。"

宁王身后跟着一位胡人男子，他手臂上站着一只鹰。宁王给大家介绍："这位是我的驯鹰师。今天我把我的爱宠也带出来了，我的赤鹰可了不得，每次打猎我都带它，它能帮我不少忙呢！"

崔九郎想起来了："对对，我记得上次它就逮了好几只兔子。"

"这只赤鹰目光炯炯，一看就很厉害。看来今天宁王要满载而归了。"

宁王一直很喜爱这只赤鹰，听到大家夸他的宠物，他十分骄傲。他目光在人群中扫了一圈，看见崔五娘带了一只猞猁。那只猞猁蹲在她的马上,一副对谁都爱理不理的样子。

猞猁是一种长得像猫的猛兽。别看它外形像猫,发起狠来可比猫凶一百倍,体形也比猫大。唐朝人会训练猞猁,用猞猁辅助打猎。

"崔五娘,你什么时候养的猞猁?"宁王对这只猞猁很感兴趣,"以前怎么没见你带出来过?"

崔五娘说:"这是我的爱宠,养了一年了。它比较凶,所以平时不带出来。只有打猎的时候,我才会带它出门。"

"早就听说崔五娘骑射一流,巾帼不让须眉,今天我可得好好见识一下。一会儿我们比比,看谁猎到的动物多。"

裴三郎说:"宁王殿下,你有赤鹰,五娘有猞猁,那都是最强辅助!我们可是什么辅助都没有,若是比赛打猎,对我们不公平啊。"

"你的马就是辅助啊。"崔九郎说,"谁不知道你这匹马是骨利干国进口的,跑起来那叫一个飞快!"

骨利干国盛产好马,也曾向大唐进贡马匹。

裴三郎这匹马是托了很多关系才买到的,他精心照顾了两年,如今这匹马膘肥体壮,跑起来矫健如飞。但就是脾气差了点,很难驯服,只肯让他一个人骑。

崔十三娘和杨二郎走过去围观裴三郎的马,看得出来,这是一匹不可多得的良驹。

"你们一个个都有辅助,只有我什么都没带。"崔十三娘摊手,"算了,还是别比了,我肯定输。"

李十一郎附议:"就是啊,宁王的赤鹰威名远扬,说不定不用他亲自动手,他的赤鹰捕到的猎物都比我们多。不比了不比了。"

宁王哈哈大笑:"我的赤鹰不算什么,我堂兄养了一头豹子,那才叫凶猛呢!"

"什么?"

大家都表示不可置信。豹子是出了名的凶猛,怎么有人敢养豹子?

宁王很肯定地告诉大家:"你们没听错,就是豹子。我堂兄喜欢凶猛的动物,他府上除了豹子,还有一只鹰、两只黄隼。"

崔九郎补充:"我也听人提起过,他家有好几位专门的驯豹师和驯鹰师。"

"你们皇室子弟都这么会玩吗?"崔十三娘震惊,"话说,你们这些珍稀的动物都是哪儿来的啊?"

"有些是邻邦各国献给大唐的,陛下赏给了我们。也有些是我们从西域商人那儿买的。"

在当时,邻邦诸国都会上贡一些稀有动物。比如,西域各国曾向大唐进贡优质马匹;东南亚等国曾向大唐进贡大象;南诏国曾向大唐进贡孔雀……这些动物千里迢迢来到大唐后,有些成了贵族精心饲养的宠物。

唐朝皇族有胡人血统,宗室子弟崇尚骑马打猎,驯养猛禽猛兽辅助打猎十分寻常。陕西的永泰公主墓和金乡县主墓中都出土过骑马带猎犬或猞猁打猎的人俑。

聊了一圈动物之后,宁王催促:"再聊下去天都要黑了,走,我们先打猎去吧。"

"好,先打猎吧。"

大家纵身上马,向林子深处飞奔而去。

小知识：

1. 西安的唐金乡县主墓出土了一尊"骑马带猞猁双垂髻彩绘女俑"。一名梳着双髻的女子身着胡服，骑在一匹枣红马上，她身后的马背上蹲着一只猞猁。这尊女俑的出土反映了唐朝女子养猞猁辅助打猎的情况。

2. 《开元天宝遗事》："申王有高丽赤鹰，岐王有北山黄鹘，上甚爱之。每弋猎，必置之于驾前，帝目之为'决云儿'。"大致意思是，申王养了一只高丽赤鹰，岐王有一只北山黄鹘，唐玄宗很喜欢它们，每次打猎都放在车驾前方。

3. 陕西省咸阳市乾县懿德太子墓出土的壁画中有《驯豹图》和《架鹰驯鹘图》，说明唐朝皇室子弟会驯养凶猛的禽类和兽类。

4. 骨利干国是敕勒部落之一，位于今俄罗斯贝加尔湖一带，产好马。太宗时期，骨利干国曾向大唐献百匹骏马，见《酉阳杂俎》："骨利干献马百匹，十匹尤骏，上为制名。"

5. 《旧唐书》记载："丁亥，（唐德宗）诏文单国所献舞象三十二，令放荆山之阳，五坊鹰犬皆放之……"大致意思是，唐德宗即位后，下诏将文单国进贡的三十二头大象放归荆山之南，还放了特供皇帝打猎所用的鹰犬。

避暑纳凉

哪儿凉快哪儿待着去

入夏之后,长安城内暑气重,几乎天天都是大太阳加高温的配置。崔十三娘在家宅了好久没出门了,不是她不想出去玩,而是外面实在太热,做什么事都提不起精神。她好想找个凉快的地方待着啊!

就在崔十三娘垂头丧气的时候,崔九郎来召唤她了:"妹妹你快收拾东西,我们去山里避暑吧!"

崔十三娘一听,立刻来了兴致,但也纳闷:"怎么突然去山里?你们是有什么活动吗?"

"最近不是天气热嘛。李十一在城外的山上有一处庄园,他邀请我们去小住几日,避暑纳凉。"

"太好了,这么热的天,我都快化了,李十一真是救我于水火啊!"崔十三娘兴奋地拉着侍女收拾行李去了。

半个时辰后,崔家兄妹三人开开心心向城外出发,李十一郎跟他们约了在城门口集合。除了他们仨,李十一郎还邀请了杨二郎、王十一娘、裴三郎,以及他在国子监关系比较好的其他同学。大家一集合,队伍壮大了不少,七八辆马车浩浩荡荡向山林而去。

日落时分,大家抵达李十一郎的园子。崔十三娘一下马车,顿时精神一振。她对李十一郎说:"这山林里草木茂盛,满目苍翠,空气也十分清新,比长安城舒服好几倍呢。我现在觉得没那么热了。"

"那可不!每年夏天我都跟家人来这里避暑。"李十一郎一脸骄傲,"我爸这房子算是买得值了,避暑胜地!"

"快带我们参观参观你的大别墅。"

"走,我们进去吧。"

李十一郎化身导游,带朋友们在庄园里转了一圈。这个园子里不仅有池塘、假山,高处还建了凉亭。山里本来就比城里凉快许多,今天又是多云天,风吹来,大家都心旷神怡的,甚至不想回城里了。

"大家在这凉亭里歇会儿吧,我让人准备晚饭。赶了一天路,大家都饿了吧。"

"是有点饿。"崔九郎说,"不过一来到山里,精神好了很多。好羡慕你在山里有这么一栋大别墅,希望以后每年夏天我们都能来你家避暑。"

"没问题,随时欢迎。"李十一郎说,"今天我在路上碰见了咱们班的张三、李四和王五,他们跟朋友去林子里露营了。估计是天太热,在家待不住了。"

露营并非现在才有的活动,早在一千多年前的唐朝,夏天为了避暑,唐朝人也会去林子里露营。他们没有现代化的帐篷等设备,一般是用木头支起柱子,用布料搭凉棚,呼朋引伴在凉棚内纳凉、宴饮。

李十一郎提到张三、李四、王五,裴三郎点头:"对,我也看见他们了,好像还带了不少吃的,他们真会玩。"

"早上起来的时候,我听我爸说,陛下也去兴庆宫避暑了,今天都没上朝。看来大家都怕热啊。"

"陛下每年夏天都要去避暑,他比我们更会享受。"

杨二郎说:"宁王也很会享受。前天我去宁王府上参加宴会,他府上的自雨亭非常凉快。"

崔九郎附和:"去年我也去了宁王的自雨亭游玩,那可真是避暑的好地方!"

杨二郎和崔九郎口中的"自雨亭",是唐朝达官贵人家中经过了巧妙设计的避暑佳地。大致设计是,将泉水或井水引到凉亭顶上,水沿着屋檐往下流,就像下雨一样。置身于凉亭内,即便是炎热的夏天,暑气也都被阻隔在了外面,里面像秋天一样凉爽舒适。

王十一娘听得很羡慕:"这是什么好东西?回头我也要见识一下,让我爸在家里搞一个。"

在大家聊天的间隙,菜一一端了上来。崔十三娘一眼就看见了其中的槐叶冷淘,这是她夏天最爱吃的食物。天这么热,来点冰凉舒爽的吃食,既解馋又解暑。

槐叶冷淘是唐朝有名的冷食,做法大致如下:将嫩槐树叶捣成汁,汁液用来和面,做成细面条;面条煮熟放入冰水中,使其保持碧绿的颜色;用熟油拌面,放到冰窖或井里冷藏。想吃的时候,从天然冰箱中取出槐叶冷淘,加佐料即可。

古代虽然没有冰箱,但是古人用他们的智慧创造出了许多冷藏食物的办法,冷食也应运而生。槐叶冷淘就是如此,它在炎炎夏日里得以保鲜,成为唐朝人消暑必备的美食。

崔十三娘和朋友们一起吃着槐叶冷淘,吹着山林中的凉风,怡然自得,乐不思长安。

李十一郎又说:"我已经让人给大家整理好了房间。每个房间都铺了竹簟,放了竹夹膝。晚上你们可以睡个凉快的好觉了。"

竹簟即竹席。竹夹膝是古代一种用竹子编制的乘凉工具，因苏轼的诗"留我同行木上座，赠君无语竹夫人"，宋朝人又将竹夹膝称为"竹夫人"。

李十一郎如此贴心的安排让大家受宠若惊。崔十三娘说："李十一，你这地主之谊尽得可真到位，太贴心了！"

其他人也异口同声地感谢李十一郎的热情招待。

末了，王十一娘向大家发出邀请："过几日回到长安，大家来我家参加避暑宴吧。我给大家发请柬，一定要来哦。"

"一定去！"

因为小伙伴们的善意，暑气逼人的夏天里多了一丝清凉。

小知识：

1. 《开元天宝遗事》记载："长安富家子刘逸、李闲、卫旷，家世巨豪，而好接待四方之士……每至暑伏中，各于林亭内植画柱，以锦绮结为凉棚，设坐具，召长安名妓间坐，递相延请，为避暑之会。时人无不爱美也。"大致意思是，长安城的富家子弟刘逸、李闲、卫旷家中富裕，每年酷暑时节，他们都会在林子里竖起画柱，用锦缎搭起凉棚，并招来长安城的名妓相伴，邀请朋友参加避暑聚会。

2. 关于自雨亭，见《唐语林》："天宝中，御史大夫王铗……宅内有自雨亭子，檐上飞流四注，当夏处之，凛若高秋。"大概意思是，御史大夫王铗宅院中有一座自雨亭，屋檐有流水四面往下，夏天待在里面也跟秋天一样凉爽。

3. 槐叶冷淘是唐朝很受欢迎的冷食，杜甫曾写过一首《槐叶冷淘》："青青高槐叶，采掇付中厨。新面来近市，汁滓宛相俱……"

4.《开元天宝遗事》记载："五月五日，明皇避暑游兴庆池，与妃子昼寝于水殿中。"大致意思是，五月五日，唐玄宗去兴庆池避暑，和妃子在水边的宫殿午睡。

冰箱冰激凌，都是我们玩剩下的

从李十一郎的山中别墅回到长安城，大概过了十天，崔家兄妹收到了王十一娘的请柬。他们准时去了王家，参加王十一娘精心操办的避暑宴。

王家向来富裕，崔十三娘猜到这场避暑宴一定很盛大，但是当她抵达王家时，还是吃了一惊。王十一娘不知从哪里搞来了很多冰块，她让人将一盆盆冰块摆在半人高的架子上，宴会厅四周都是放着冰盆的架子。

"你家好凉快啊。"崔九郎第一个发出感叹。

崔十三娘问："十一娘，你从哪里搞来的冰块？买这些冰块要花不少钱吧？"

"不是买的，是陛下赐给我爸的。"

一直沉默的崔五娘开口了，她对妹妹说："昨天我听老爸说，王大人最近工作表现优异，陛下很高兴，赏赐了他不少冰块。"

"好羡慕。希望咱爸也能努力搞业绩，争取让陛下也赏咱们家一些冰块。"

"那你自己回去跟老爸说。"

"我就是感叹一下嘛，毕竟冰块珍贵，大夏天的除了皇宫的冰窖，别的地方很少有。"

从周朝开始，皇室就有专门负责藏冰工作的部门，叫"冰正"，冰正的负责人叫"凌人"。每年冬天，冰正会派人去采冰，运回宫中的冰窖储存。唐朝虽然没有专门的冰正部，但藏冰一事归上林署负责。上林署是掌管宫中水果蔬菜的部门，冰块是果蔬保鲜的重要一环，自然也就被划到了上林署。

冰块在夏天是稀缺物品，一般只有皇室和富贵人家才能享用。唐朝皇帝也会将冰块赐给大臣，白居易就得到过这样的赏赐，还给皇帝写了一篇感谢信——《谢恩赐冰状》。

王十一娘的爸爸王大人是朝廷重臣，这是他第二次被皇帝赐冰块了。他很疼爱王十一娘，难得女儿想在家里办个避暑宴，他非常大方地把冰块支配权交给了她，让她随便用。王十一娘很开心，毫不客气，照单全收！

没过多久，收到邀请的小伙伴们都到齐了。大家入座后，王十一娘让乐师奏乐，舞姬跳舞，又让侍女把冰镇的瓜果拿上来给客人们吃。

崔十三娘拿了一片冰镇西瓜，咬了一口，感觉冰凉舒爽。她暗自想着，如果王十一娘每年都举办一次避暑宴该多好！

崔九郎问王十一娘："冰镇这些瓜果得消耗不少冰块吧？"

"也没有消耗很多啦。我家有冰鉴，瓜果和酒水饮料我都是放在冰鉴里保存的。"

冰鉴，可以理解为古代的冰箱，是一个双层的容器，隔层里放着冰块。古人夏天用冰鉴存放果蔬，以达到保鲜的目的。

崔五娘喝了一口冰镇饮料，吃了一口冰镇西瓜，对崔十三娘说：

"看来，咱家有必要也搞一个冰鉴。"

"有道理，回家我就跟老妈说。"

吃完冰镇瓜果，大家又玩了会儿双陆游戏。这时候，侍女过来禀报，说酥山已经准备好了。王十一娘点头，让侍女把酥山端上来给客人们品尝。

酥山是唐朝的"爆款冰激凌"。和现在的大多数冰激凌一样，酥山也是用牛乳做的。之所以叫"酥山"，是因为其做法是将乳制品淋在盘中，做成山的形状，然后放进冰窖，冷冻成形。唐朝人吃酥山还讲究摆盘，用花朵等装饰一番，拿来招待客人。当然，这是富贵人家

陕西乾县唐章怀太子墓出土壁画《侍女图》(局部)

才能享用的食物,制作酥山的前提是家中得有足够的冰块。

在王十一娘的授意下,侍女们把摆好盘的酥山端了上来。大家其实吃瓜果都吃饱了,但是这酥山一看就美味可口,让人忍不住想大快朵颐。

崔十三娘赶紧尝了一口。那冰凉的甜味在舌尖化开,简直不要太幸福!

"我宣布,这酥山是我今年夏天吃过的最美味的食物!"

李十一郎哼了一声:"那日在我山中别墅,你吃着槐叶冷淘,也说了同样的话。"

"槐叶冷淘当然好吃,但是酥山也很合我胃口,谁让我喜欢甜食呢。"

崔十三娘三两下就把剩下的酥山吃完了。她隐约觉得肚子好像有点不舒服,应该是她吃得太快了。而且刚才她还吃了那么多冰镇西瓜,还喝了一大碗冰饮料……

杨二郎看出了崔十三娘不太对劲,关切地问:"怎么了?不会是吃坏肚子了吧?"

"还好,估计是吃太快了,没有特别难受。放心吧。"

杨二郎这才放下心来。

乐师开始演奏下一首曲子,曲声悠扬动听。大家一边看歌舞表演,一边吃着酥山。这是一个愉快的宴会。

当天晚上,崔十三娘很不幸地闹起了肚子。她万分惆怅:悔不该吃那么多冰镇食物。

天气炎热,冷饮很好喝,冰激凌很好吃,但一定得先保护好肠胃才是。

小知识：

1. 《开元天宝遗事》记载："杨氏子弟，每至伏中，取大冰使匠琢为山，周围于宴席间，座客虽酒酣而各有寒色。亦有挟纩者，其骄贵如此也。"大致意思是，杨氏子弟（杨国忠一族子弟）每到夏天就取来大冰块，让人雕琢成山的形状，摆在宴席的四周，宾客们即使喝了酒仍觉得寒冷，甚至有披着棉衣的。

2. 陕西咸阳乾县章怀太子墓出土的壁画中，有一幅侍女们端着食物的图（一般称之为《侍女图》），其中两位侍女端着的食物就是酥山。

3. 白居易得到皇帝赏赐冰块，曾写下《谢恩赐冰状》："右，今日奉宣旨，赐臣等冰者。伏以颁冰之仪，朝廷盛典，以其非常之物，用表特异之恩。况春羔之荐时，始因风出。当夏虫之疑日，忽自天来。烦暑迎消，清飙随至……"

4. 关于周朝冰正和凌人的记载，见《周礼·天官》："凌人掌冰正。岁十有二月，令斩冰，三其凌。"

喝茶吃茶

作为唐朝人，我们喝茶加作料

　　作为一名合格的大唐闺秀，崔十三娘要学习的东西太多了，她每天过得都很充实。她要看书、习字、画画、焚香、弹筚篥、跳舞……今天正是她向曹四娘学胡旋舞的日子。

　　最近天气热，崔十三娘精神不是很好，她提前让侍女给曹四娘传了信，邀请她上门教学。为了补偿曹四娘的辛苦，崔十三娘给她买了一份礼物，还特地准备了上好的茶叶，等曹四娘到了煮茶给她喝。

　　侍女说曹四娘来了，崔十三娘赶快跑去门口迎接她，一边道谢一边道歉："谢谢四娘来家里教我跳舞，辛苦你跑一趟，这么热的天，难为你了。"

　　曹四娘说："你们兄妹经常去我的酒肆照顾生意，我还没谢你呢。大家都是好朋友，以后不许跟我这么客气。"

　　"快来屋里坐，吃点瓜果休息一下，我给你煮茶。"

　　崔十三娘取出了杨二郎送来的茶饼。她给曹四娘介绍："不知道你们曹国人习不习惯喝茶，这是我们大唐茶叶中的精品，叫顾渚紫笋。"

　　顾渚紫笋是唐朝名茶，产自浙江湖州长兴县。唐代宗年间，顾渚紫笋成为贡茶。

曹四娘说:"我在长安生活了一年多,已经爱上了喝茶。不过你说的顾渚紫笋我还没喝过,正好趁今天尝尝。"

"好嘞,那你坐着等喝茶吧,很快就好。"

崔十三娘将瓜果点心推到曹四娘面前,自己则取出工具,开始烘烤茶饼。

唐朝人的主流喝茶方式叫作"煎茶",烤茶饼是煎茶的第一步。茶饼的正反面都要烘烤,目的是使之受热均匀。之所以是烤"茶饼",是因为唐朝贮存茶叶的主要方式是通过蒸、捣、拍、焙等一系列工序,将茶叶制作成饼状。茶圣陆羽用了简单的一句话概括了制茶的全过程:"晴,采之、蒸之、捣之、拍之、焙之、穿之、封之,茶之干矣。"

崔十三娘烤完茶饼,冷却后放进了碾槽中,用茶碾子将茶饼慢慢碾成粉末。这一步很考验耐心,不能急躁,要一点一点慢慢碾,才能保证碾出均匀的细末。陆羽对碾茶的要求是跟细米一样,不能太粗,也不能太碎。

(唐)周昉《调琴啜茗图》

碾好茶之后，下一步就是筛茶。用筛罗把茶末仔细筛一遍，留下米粒大的备用。

曹四娘在一旁观察崔十三娘筛茶末，问她："要帮忙吗？这步骤还挺麻烦的呢。"

"哈哈，没事，对我来说，煮茶的过程也是一种放松身心的过程呢，我还挺享受的。"

完成以上一系列准备工作，接下来就要正式开煮了。煮茶的工具是风炉和茶釜，风炉一般用铜或铁铸造，茶釜则用生铁制作。

崔十三娘舀了一勺山泉水倒入茶釜中，静静等待水开。她跟曹四娘说："这是我哥让人去城外山里取的水。我们这儿的人喝茶比较讲究，山泉水是最佳的煮茶用水。"

关于煮茶用水，陆羽在《茶经》中也有提及："其水，用山水上，江水中，井水下。"

很快，茶釜中的水煮沸了。陆羽给煮茶烧水总结了"三沸"规律：水中出现鱼眼睛一般大小的气泡时，就是一沸；茶釜边上的气泡像涌泉一样，就是二沸；水波像鼓浪一样，就是三沸。

曹四娘看到的煮茶过程是这样的：一沸时，崔十三娘往水里加了盐；二沸时，她取出一勺水备用，然后用竹筴搅动沸水，倒进适量茶叶末，并加入了薄荷、丁香等香料；三沸时，她把先前取出的备用水倒进去止沸。这时候，茶汤上浮出了茶沫，茶也就煮好了。

崔十三娘倒了一碗茶给曹四娘，又给自己倒了一碗："来，我们趁热喝。"

或许，现在的人们看到唐朝人如此这般煮茶，会目瞪口呆，大吃一惊！但是你们没有看错，唐朝人喝茶喜欢加作料，包括但不限于盐、胡椒、丁香、茱萸、薄荷、桔皮、葱、姜……按照自己的口味添加即可。所以，为什么他们管喝茶叫吃茶，也就不难理解了。

曹四娘对崔十三娘煮的茶赞不绝口，这顾渚紫笋不愧是一等一的好茶，比她以往喝过的茶都要香。

加了作料的茶，唐朝人可是习惯得很呢。

小知识：

1. 陕西法门寺地宫出土了一套金银制茶器，包括茶碾子、茶罗子等，从中可看出唐朝人喝茶之精细。
2. 白居易在《山泉煎茶有怀》一诗中提到了用山泉水煎茶："坐酌泠泠水，看煎瑟瑟尘。无由持一碗，寄与爱茶人。"
3. 《开元天宝遗事》记载："逸人王休，居太白山下，日与僧道异人往还。每至冬时，取溪冰敲其精莹者煮建茗，共宾客饮之。"大致意思是，有个叫王休的隐士喜欢跟僧人道士交朋友，每到冬天就敲冰煮茶，招待客人。
4. 唐朝画家周昉的《调琴啜茗图》描绘了唐朝妇女弹琴饮茶的场景。此画现藏于美国纳尔逊-阿特金斯艺术博物馆。

品茶作诗是风尚，茶叶也有大学问

由于天气炎热，崔十三娘许久没出门玩耍了，多少有些郁闷。崔五娘跟她说，今天中午老爸的朋友们要来家里做客，她心情顿时好了不少。有人来做客意味着有好吃的，她可以趁机点几个大菜。

还没到吃饭时间，崔大人的朋友们就陆续到了，都是崔十三娘以前见过的，什么张大人李大人王大人，都是她爸在朝中的同事。她爸让她把顾渚紫笋拿出来，说是招待客人用。这些大人都是文人，平日里爱喝茶，就连聊天也经常把茶挂嘴边。

"我那儿最好的茶叶是朋友送的阳羡茶，可惜只剩一点点了，不够用。其他茶叶又不够好，拿不出手。"崔大人叹气，"我记得杨二给你送了些顾渚紫笋，要不你拿点过来呗。"

"行，老爸你等我一下，我去取茶叶。"崔十三娘笑着回房了。虽然她也很宝贝这些茶叶，但是能用来招待老爸的客人，她还是很乐意的。

崔大人提到的阳羡茶，产自现在的江苏宜兴，在唐朝中期被列为贡茶。到了宋朝，因苏轼一句"雪芽为我求阳羡，乳水君应饷惠山"，阳羡茶得了一个雅名——阳羡雪芽。

唐宋文人喜欢组织雅集，大家聚在一起焚香煮茶，吟诗作画。得益于这样的契机，不少关于品茶的诗词流传开来，无形中为各地茶叶打了广告。唐朝诗人卢仝的《走笔谢孟谏议寄新茶》一诗就提到了阳羡茶："天子须尝阳羡茶，百草不敢先开花。"

说到关于品茶的诗，不得不提元稹的宝塔茶诗，写得非常之巧妙。

茶。
香叶，嫩芽。
慕诗客，爱僧家。
碾雕白玉，罗织红纱。
铫煎黄蕊色，碗转曲尘花。
夜后邀陪明月，晨前命对朝霞。
洗尽古今人不倦，将知醉后岂堪夸。

崔十三娘很快取来了茶叶。崔大人给同事们煮茶，得到了大家的一致赞赏。

张大人说："这么好的茶，得赋诗一首才能助兴啊。"

"张大人说得对。我们每个人作一首诗吧，不然都对不起崔大人的好茶叶。"

在张大人的提议下，大家纷纷开始作诗，简单的喝茶局顿时变得风雅起来。

大家作完一轮诗，崔五娘也拿了一包茶叶过来："这是我爷爷珍藏的蒙顶石花。他说难得有这么多客人来，想拿出来招待大家。"

"是剑南的蒙顶石花？那可是上好的茶叶呀！"王大人很激动，

"我今天有口福了。"

蒙顶石花产自今四川雅安,在唐玄宗时期被列为贡茶。白居易在《琴茶》一诗中写道,"琴里知闻唯渌水,茶中故旧是蒙山",这里提到的蒙山茶即蒙顶石花。

崔五娘将茶饼递给崔大人。崔大人之前不知道他爸藏着这么好的茶叶,想到可以一饱口福,他碾茶的动作都轻快了很多。

就在崔大人碾茶的同时,崔五娘像变戏法一样,又拿了一包茶叶出来:"既然今天有这么多叔叔伯伯来做客,我也大方一把。这是我私藏的睦州鸠坑,或许不及我爷爷的蒙顶石花名气大,但也是上等的好茶,大家一起品品。"

睦州鸠坑茶产于今浙江杭州淳安县,也是唐朝的贡茶之一。《唐国史补》罗列了当时的名茶,其中"睦州有鸠坑"指的就是睦州鸠坑茶。

这些大人本来只是想到崔家蹭个饭,没想到还能喝到这么多好茶,都露出了惊喜之色。崔大人耐心地一款一款地给大家煮茶,众人慢慢品茗,大家都很开心。

王大人站起来说:"顾渚紫笋、蒙顶石花、睦州鸠坑,都是好茶。我要赋诗一首,记录一下崔大人的款待。"

王大人开了个头,其他大人也都按捺不住,开启了第二轮饮茶作诗活动。

崔十三娘笑着看向崔五娘:"没想到你那儿也藏着好茶叶呢,平时也没听你说啊。"

"喝茶是刚需,我当然得收藏一些茶叶。"崔五娘说,"我朝饮茶成俗,只要买得起的,就没有人是不喝的。不仅如此,我们大唐的茶叶还作为商品远销海内外呢。"

"我听曹四娘说过,商队把我们大唐的茶叶、丝绸、瓷器等商品运到西域,再从西域运来香料、皮革、药材……"

在唐朝,茶叶是丝绸之路上最重要的贸易品之一,它随着商队抵达西域、中亚,甚至更远的地方。即便是现在,中国茶叶、中国丝绸、中国瓷器等依旧在世界上享有盛誉。

小知识:

1. 《梦溪笔谈》记载:"古人论茶,唯言阳羡、顾渚、天柱、蒙顶之类,都未言建溪。"大致意思是,古人提到的名茶有阳羡、顾渚、天柱、蒙顶等,但没提到建溪。因《梦溪笔谈》作者沈括是宋朝人,建溪到了宋朝才成为贡茶主产区。

2. 唐朝的主要名茶,如《唐国史补》记载:"风俗贵茶,茶之名品益众。剑南有蒙顶石花,或小方,或散牙,号为第一。湖州有顾渚之紫笋,东川有神泉小团、昌明兽目,峡州有碧涧明月、芳蕊、茱萸簝,福州有方山之露牙,夔州有香山,江陵有南木,湖南有衡山,岳州有浥湖之含膏,常州有义兴之紫笋,婺州有东白,睦州有鸠坑,洪州有西山之白露,寿州有霍山之黄牙,蕲州有蕲门团黄,而浮梁之商货不在焉。"

3. 唐朝人喜好喝茶,有饮茶风俗,如《封氏闻见记》记载:"人自怀挟,到处煮饮,从此转相仿效,遂成风俗。"

美

食

我是唐朝人，平常吃什么

一场雨过后，长安城迎来一丝久违的凉意，总算不再是日日闷热的状态了。趁着气候舒适，崔十三娘和崔五娘结伴去西市逛街。七夕就要到了，她们届时会邀请好姐妹来家里聚会，得提前给大家准备好伴手礼才是。

出门前，崔十三娘没来得及吃饭，逛了没一会儿就饿了。崔五娘见她一副无精打采的样子，对她说："前面就是曹四娘的酒肆，你去歇会儿吧。我去取上次定做的衣服，顺便买几个胡麻饼带给你。"

"要不我还是跟你一起去吧。"崔十三娘一听胡麻饼，两眼放光，她想立刻就吃到嘴里。

崔五娘说："你走得慢，我一个人去方便，保证你很快就能吃到面脆油香的胡麻饼。"

崔五娘要去买的胡麻饼是胡饼的一种，也是唐朝街市上常见的一种面食，类似于现在的芝麻大饼。白居易在《寄胡饼与杨万州》中写到："胡麻饼样学京都，面脆油香新出炉。寄与饥馋杨大使，尝看得似辅兴无。"

意不意外？大诗人白居易厨艺还不赖呢。从诗中可以看出，白居易做胡麻饼的手艺是在长安学的。他将亲手做的胡麻饼寄给了好朋友——当时在万州刺史任上的杨归厚。他让杨归厚尝尝自己的手艺,比较一下跟长安辅兴坊的胡麻饼味道像不像。

可见,胡麻饼是相当好吃的,不怪崔十三娘嘴馋。她想象着胡麻饼又香又脆的口感,仿佛听见了肚子在咕咕叫。早知如此,出门前她应该先吃饭的,真失策!

崔十三娘暂时告别崔五娘,带着侍女去了曹四娘的酒肆。她迫切需要吃点东西垫垫,不然哪有力气逛街。

胡姬酒肆内,曹四娘刚吃完饭,正准备张罗生意。她听崔十三娘说肚子饿,马上从厨房端出了一盘樱桃饆饠,让她多吃点。

崔十三娘眼前一亮:"谢谢四娘,我可喜欢吃饆饠了,还是樱桃馅儿的,你可真是雪中送炭。"

樱桃饆饠十分美味,崔十三娘没忍住,一口气吃了两个。

饆饠是一种来自西域的面食点心,在长安城非常流行。尽管现在市面上已经没有这种小吃的踪迹,但通过流传下来的文字可以判断,它的做法类似于春卷,外层是面皮,里面包裹着馅料。馅料有很多种,可以是肉,也可以是水果。长安人吃得比较多的如樱桃饆饠、蟹黄饆饠、羊肉饆饠等。

曹四娘是西域人,面食爱好者,她几乎每天都吃胡饼、饆饠一类的食物。见崔十三娘这么爱吃饆饠,曹四娘笑着说:"看来十三娘也很喜欢吃面食呀。"

"对呀,胡饼、饆饠、馄饨、馎饦、槐叶冷淘……这些都是我喜欢吃的面食。"

馎饦是一种水煮面食,类似于面片汤。

曹四娘好奇:"我以为你们大唐人比较爱吃米食呢,没想到面食你也爱。"

"米食我也爱吃呀，稻米、粟米、黄粱米……都是我们日常吃的主食。"崔十三娘有些不好意思，"主要吧，我是一个吃货，只要是好吃的东西，我都来者不拒！"

和现如今主要吃米饭的情况不同，唐朝稻米产量没那么高，百姓都是各种谷物混着吃的。唐传奇《枕中记》讲述了一个发生在开元年间的故事：主人公卢生在旅舍做了一个很长的富贵梦，梦醒时却发现，店主蒸的黄粱米饭还没熟。从中可以得出一个信息，唐朝百姓吃黄粱米比较普遍。成语"黄粱一梦"也出自这一典故。

崔十三娘继续吃第三个饆饠，她对曹四娘说："今天吃了你的美食，我得投桃报李。下次你来我家的时候，我让人给你准备青精饭。这是一种很特别的米饭，可香了。"

"青精饭，听名字就很特别。是青色的吗？"

"差不多吧。青精饭的做饭比较复杂，需要采摘一种可食用植物的叶子（南烛叶），将叶子捣成汁，用来浸泡稻米，再通过蒸晒等工艺制作。因为最后做出来的饭是乌黑色的，所以叫青精饭。"

曹四娘听得心向往之，她来大唐快两年了，还没吃过这种神奇的米饭呢。

崔十三娘补充说："除了青精饭，我们大唐还有其他好吃的米饭。比如胡麻饭、清风饭、团油饭、御黄王母饭……"

"快别说了，我才吃完饭，又要被你说饿了。"

"哈哈，那我不说了。改天我家办宴会，我喊你来做客，你就可以尝到这些好吃的米饭啦。"

"好啊，到时候一定去。"

两人聊着天，时间不知不觉就过去了，盘子里的樱桃饆饠被吃得所剩无几。

大约半个小时后,崔五娘带着胡麻饼来接崔十三娘。她万万没想到,妹妹已经吃饆饠吃饱了。

小知识:

1. 新疆吐鲁番阿斯塔那墓出土了一批唐朝面食的化石,包括胡饼、饺子,以及其他各种花式的面点。其中191号墓出土了一张表面有芝麻的圆形薄饼(出土时已碎),一般认为那就是胡麻饼。

2. 唐朝富贵人家会吃一种有羊肉馅儿的胡饼,叫作古楼子,见《唐语林》:"时豪家食次,起羊肉一斤,层布于巨胡饼,隔中以椒、豉,润以酥,入炉迫之,后肉半熟食之,呼为'古楼子'。"这种古楼子类似于现在的羊肉馅饼。

3. 杜甫在《赠卫八处士》中写道:"夜雨剪春韭,新炊间黄粱。"大致意思是,主人用夜间冒雨剪的新鲜韭菜和刚做好的黄粱米饭招待客人。

4. 青精饭现在依然存在,又叫乌米饭,不过制作工艺已经简化了。现如今江浙和皖南一带还保留着在特定日子吃乌米饭的传统。杜甫在诗中提到过青精饭,见《赠李白》:"岂无青精饭,使我颜色好。"

5. 樱桃饆饠,在《酉阳杂俎》一书中有记载:"韩约能作樱桃饆饠,其色不变。"

有宴席，上硬菜

崔十三娘的生日到了。为了迎接这个令人激动的好日子，她起得很早，在姐姐崔五娘的帮助下精心化了个妆，梳了双环望仙髻，换了一身清凉又好看的齐胸襦裙。

刚打扮完，侍女过来喊崔十三娘，说崔夫人让她去核对晚宴的菜单。她是寿星，今天晚餐吃什么菜，主要以她的口味为准。

崔十三娘和崔五娘去了厅堂，和崔夫人商议了一番。她们看了崔夫人拟的菜单，都有些意外。未免也太丰盛了吧，甚至有些铺张。

崔十三娘说："我就过个普通的生日而已，用不着这么豪华的菜谱。这都快赶上去年我们在王十一娘家吃的烧尾宴了。"

崔夫人不以为意："王家吃得起，咱家也吃得起。我女儿过生日不能马虎，今天咱们就奢侈一回。"

"情况不一样啊，王十一娘她爸爸当时是升官了，那是家族一大喜事，所以他们摆了盛大的烧尾宴。我一个小女孩过生日，不能铺张浪费，我们还是省点钱吧。"

烧尾宴是盛行于唐朝的欢庆宴席，官员升迁或士子考中科举时，会摆烧尾宴庆祝，菜谱之丰盛，堪比后世的满汉全席。

唐中宗时期，京官韦巨源升迁为尚书左仆射，摆了一场盛大的烧尾宴，这场宴席的菜谱被收录在《清异录》一书中，一般称之为《韦巨源烧尾宴食单》。食谱中有御黄王母饭、光明虾炙、天花饆饠、乳酿鱼、羊皮花丝、葱醋鸡等菜式。

崔十三娘觉得，像烧尾宴那般豪华的菜谱，还是留着将来等她爸升官再吃吧。节约粮食是中华民族的传统美德，她要以身作则，杜绝铺张。在她的坚持下，崔夫人删掉了一些比较贵的菜式，让侍从按照菜谱采购食材去了。

家中有宴会，当然得有气氛组啊！崔九郎找宁王借了几个负责吹拉弹唱的乐师和歌女，崔十三娘雇了曹四娘酒肆的胡姬来跳胡旋舞和柘枝舞。曹四娘作为她的好朋友，自然也收到了宴会请柬。此外，杨二郎、裴三郎、王十一娘、李十一郎等人都会来参加今天的生日宴。

到了晚餐时间，宴会准时开始。客人一到齐，侍女们就端上了水果和开胃菜。大家一边欣赏歌舞，一边聊天。

大菜也陆续端了上来，曹四娘发现，荤菜基本以羊肉、鸡肉和鱼肉为主，还有一道菜是用鹿肉做的。她问崔十三娘："鸡鸭鱼羊是你们大唐主要食用的荤菜吗？"

"对呀，我们大唐和你们西域各国一样，对羊肉很是喜爱呢。"崔十三娘给她介绍面前的菜式，"这道炙羊肉，还有这道羊皮花丝，都是用羊肉做的。"

唐朝人受胡文化影响，偏爱羊肉，羊身上的几乎每个部位都可以加工成美食。而现如今人们主要食用的猪肉在唐朝人的餐桌上很少见。原因有很多种，其中一种说法是，古代的猪圈大多盖在厕所下面，人们觉得猪圈又脏又臭，猪肉是贱肉。只要有的选，富贵人家自然不会优先考虑猪肉。不过，吃得少不代表不吃，民间百姓还是会以猪肉为食，主要烹饪方法是蒸着吃。

曹四娘对羊肉情有独钟，在她老家，羊肉一般是烤着吃的。她头一次在餐桌上见到这么多种多样的羊肉菜式，感到又新鲜又惊奇。她挨个儿吃了个遍，忍不住夸赞："还是大唐人民会享受，变着法子做羊肉，真好吃。"

崔十三娘夹了一块"驼峰炙"给曹四娘："这个烤驼峰你应该也喜欢，快尝尝。"

"闻着就很香！"曹四娘吃了一口，果然味道鲜美，她问，"我听说，你们大唐不能吃牛肉？"

"对呀，吃牛肉是犯法的。"

在唐朝，牛的作用是耕地。为了保护农业生产，朝廷规定不许杀牛，私自杀牛是要判刑的。同理，杀马也入刑。

值得一提的是，唐朝人认知中的"肉"，仅限于畜类，禽类不算在内。除了羊肉、猪肉和骆驼肉，唐朝人也会吃鹿肉、熊肉、野猪肉。

崔五娘听着妹妹和曹四娘聊美食，也加入进来，她和王十一娘热情地推荐曹四娘尝一尝现切的鱼脍。

鱼脍即生鱼片，类似于现在的鱼肉刺身。唐朝人吃鱼的主流方式是切成鱼脍，用来做鱼脍的鱼类有鲫鱼、鲤鱼、鲷鱼等。拌鱼脍的佐料有很多，比如橙丝、芥酱等。

崔五娘说："鱼脍是我的最爱。你试试看，保证你吃了还想吃。"

"是啊，鱼脍可是我们大唐最受欢迎的菜式之一，你尝尝嘛。"王十一娘附议，"这个你在老家可吃不到哦。"

在姐妹们的热情推荐下，曹四娘夹了一筷子鱼脍放入嘴里。

"怎么样怎么样？"大家期待曹四娘的反馈。

曹四娘吃第一口觉得不太适应，再吃第二口时却两眼放光："太好吃了！鲜嫩可口！"

"喜欢就好。"崔十三娘指了指其中几样主食，对曹四娘说，"这个乌黑色的米饭就是我跟你提过的青精饭。还有这个里面有很多配菜的饭，叫作团油饭。上次说的御黄王母饭我家今天没准备，改天厨子做了，我再给你送一份去。"

"你太客气啦，这么多菜，我哪里吃得过来。你家的宴席好丰盛。"

"慢慢吃，先吃菜再吃主食。"

王十一娘也推荐了她最爱吃的菜："这是蟹黄饆饠。你快感受一下，我们大唐人可是很爱吃螃蟹的哟。"

"好好好，我都尝尝！"

曹四娘肚子已经很撑了。她不由得感叹，大唐人民真是太懂吃的艺术了，这里真是美食天堂。

小知识：

1. 烧尾宴是唐朝盛行的宴席，一般在官员升迁或士子考中科举时举行。《旧唐书》记载："公卿大臣初拜官者，例许献食，名为'烧尾'。"《封氏闻见记》记载："士子初登荣进及迁除，朋僚慰贺，必盛置酒馔音乐，以展欢宴，谓之'烧尾'。"
2. 唐朝律法规定，私自宰杀牛马入刑，见《唐律疏议》："诸故杀官私马牛者，徒一年半。"

3. 团油饭的做法比较复杂，类似于豪华版的什锦炒饭，里面加入各种肉和佐料，如《北户录》记载："凡力足家有产妇，三日、足月，及子孙晬，为之饭（团油饭），以煎虾鱼、炙鸡鹅、煮猪羊、鸡子、羹饼、灌肠、蒸脯菜、粉糍、粔籹、蕉子、姜、桂、盐、豉之属，装而食之是也。"
4. 《酉阳杂俎》记载："将军曲良翰，能为驴鬃驼峰炙。"大致意思是，一位叫曲良翰的将军会做驴鬃驼峰炙这道菜。
5. 安禄山深受唐玄宗信任，玄宗给他的赏赐中就有擅长切鱼脍的厨师，见《酉阳杂俎》："安禄山恩宠莫比，锡赉无数。其所赐品目有：桑落酒、阔尾羊窟利、马酪、音声人两部、野猪鲊、鲫鱼并鲙手刀子……"

娱乐游戏一

生活压力大？来一局小游戏呀

国子监即将迎来一场考试，崔九郎天天埋头苦读，就差头悬梁锥刺股了。他感受到了生活的压力，再这样下去头都要秃了，发际线怕是不保。为了调整心情，用最好的状态迎接考试，崔九郎决定出门打猎去。初秋好时节，怎么能在家里度过呢？

崔九郎第一时间去找了他姐姐崔五娘。崔五娘是打猎爱好者，且水平很高。不过侍女告诉崔九，崔五娘不在，找崔十三娘下棋去了。崔九郎悻悻地又去了崔十三娘的院子。

院子里很安静，崔九郎进屋时，看见崔家姐妹正聚精会神地下棋。崔五娘执黑子，崔十三娘执白子，在方格的世界里排兵布阵，针锋相对。乍一看，双方咬得很紧，实力不相上下。但懂的人能看出，崔五娘技高一筹，不出意外会赢了这局棋。恰好，崔九郎就是那个懂的人。

古人讲究观棋不语，崔九郎怕打扰她们，安静地坐在一旁观战。他没想到这局棋能下那么久，姐妹俩厮杀，你来我往，差不多半个时辰才结束。如崔九郎所料，最后是崔五娘赢了。

"总算结束了！"崔九郎憋坏了，"我觉得自己像石室山上的烂柯人，你们再不下完这局棋，外面的世界怕是几百年过去了。"

新疆吐鲁番阿斯塔那187号墓
出土屏风画《弈棋仕女图》

崔五娘被逗笑了:"你还真是个文化人呢,看下棋还能讲出个典故。"

"什么典故?"崔十三娘一时没反应过来。

崔五娘给她解释:"九郎刚才说的石室山和烂柯人,出自《述异记》里的一个故事。

"西晋时期,一位叫王质的樵夫上石室山砍柴,路遇几个童子下棋。王质停下来围观,一个童子给了他一颗枣核一样的东西,他吃了之后便不再有饥饿感。棋局结束,童子问王质怎么还没离开。王质反应过来,去拿他砍柴的斧头,却发现斧柄竟然腐烂了。

"王质下山回家,他生活的村子里已经没有他认识的人了。一打听,原来他在山中看童子下棋的那么会儿工夫,山外的世界里已经过去了上百年。"

听崔五娘说完，崔十三娘恍然大悟："怪不得我觉得耳熟呢，这个故事我在一本关于下棋的书里看到过。因为王质观棋烂柯一事，后来人们把石室山称作烂柯山。"

唐朝诗人刘禹锡也曾在诗中化用烂柯人的典故："怀旧空吟闻笛赋，到乡翻似烂柯人。"

崔九郎听崔十三娘说她还看下棋方面的书，颇感意外："你还看这些呢？"

"当然，琴棋书画这四样，我除了书法一般，其他三样我可都不差呢。"

"好好好，你棋艺非常厉害。话说这么好的天气，我们别下棋了，打猎去可好？"

崔十三娘摇头："姐姐喜欢下棋，我答应了今天陪她。年底她就要嫁到裴家去了，趁着她还没嫁人，我们多杀几局。"

"你们姐妹感情这么好，你难道不知道，她最喜欢玩的游戏不是下棋，是樗蒲（也作"摴蒱"）。"

崔九郎一语惊醒梦中人，崔十三娘当然知道崔五娘喜欢玩樗蒲，而且每次都能赢了对手。

樗蒲是古代一种棋类游戏，从东汉时期开始流行，到了唐朝依旧热度不减。唐玄宗就很喜欢樗蒲，杨国忠为了讨好唐玄宗，愣是把自己练成了樗蒲高手，也因此得到了唐玄宗的赏识。连一国之君都热衷，可见樗蒲当时的受欢迎程度。

崔家姐弟三人都擅长樗蒲，尤其是崔五娘。崔十三娘水平中等，但一直在进步。既然崔九郎提到了樗蒲，她主动对崔五娘说："姐，要不我们玩樗蒲？"

"好啊，可是你这儿没有樗蒲棋盘。"

"我那儿有！"崔九郎热情邀请，"走走走，去我房间玩吧。三个人不够，我让人把李十一郎找来，我们两两组队，一起杀几局解闷。"

姐弟三人放下围棋，转移战场玩樗蒲去了。

樗蒲虽然是游戏，但是很考验智力。书法家王献之年幼时，看见门客们玩樗蒲，他一眼就能看出谁会输。不难看出，王献之也是位樗蒲高手，小小年纪就深谙游戏法则。

崔九郎本来计划得好好的，找人陪他打猎去，放松身心。万万没想到，这一玩起樗蒲，他又得动脑子了，不免有些懊恼。但只要不让他背四书五经，玩游戏还是能解压的。

一眨眼，愉快的一天在游戏中度过了。

小知识：

1. 唐朝弈棋文化盛行，不仅文人雅士好弈棋，妇人也以此为娱乐。新疆吐鲁番阿斯塔那187号墓出土的屏风画《弈棋仕女图》描绘了唐朝贵族妇女下棋的场景。
2. 樗蒲的玩法类似复杂版的飞行棋，需要用到棋盘、棋子、骰子等工具。《五木经》记载了樗蒲的游戏规则："樗蒲，五木，玄白判，厥二作雉，背雄作牛……"
3. 《资治通鉴·唐纪》记载："杨钊侍宴禁中，专掌樗蒲文簿，钩校精密。上赏其强明，曰：'好度支郎'。"大致意思是，杨国忠擅长樗蒲，他可以进出宫廷，专门负责计算樗蒲成绩，且算得很精密，唐玄宗很赏识他。
4. 王献之与樗蒲的故事，见《世说新语》："王子敬数岁时，尝看诸门生樗蒲。见有胜负，因曰：'南风不竞。'"

双陆魅力大,皇帝妃子都爱玩

王十一娘从西市商人那儿买到了上好的葡萄酒,她向崔家姐妹发出邀请,让她们有空来家里小酌一杯。崔五娘由于年底要出嫁,最近都在忙备嫁事宜,暂时没空出门。但崔十三娘在家闲不住,她带着侍女找王十一娘喝酒去了。

刚入秋,天气凉爽,王十一娘让人在凉亭的桌案上摆了一份水晶龙凤糕、一份樱桃饆饠、一盘葡萄,等待着好姐妹崔十三娘光临。

崔十三娘好久没见王十一娘了,姐妹相见,心情格外好。她正好肚子也饿了,一边吃水晶龙凤糕一边喝葡萄美酒,好不惬意。

王十一娘问她:"你们姐妹俩最近在家忙啥呢?怎么不来找我玩?"

"我姐姐不是快成婚了嘛,在准备嫁妆呢。一想到她要离开家了,我还挺舍不得的,这几日我都在陪她。前天我们玩了一下午樗蒲,好开心。"

"谁不知道五娘是樗蒲高手啊,你居然主动跟她玩这个,不是找虐嘛。"

"我水平也不赖啊。而且,就算输给我姐姐,也不丢人。"

王十一娘觉得有道理。她喝了一口葡萄酒,脑子里有了个主意:"我最近在家很无聊,要不你陪我打双陆?你是双陆高手,带带我这位新手呗。"

崔十三娘被她逗得哈哈大笑,点头答应。

双陆约等于古代版的桌游,魏晋时期就已经有了。玩双陆须

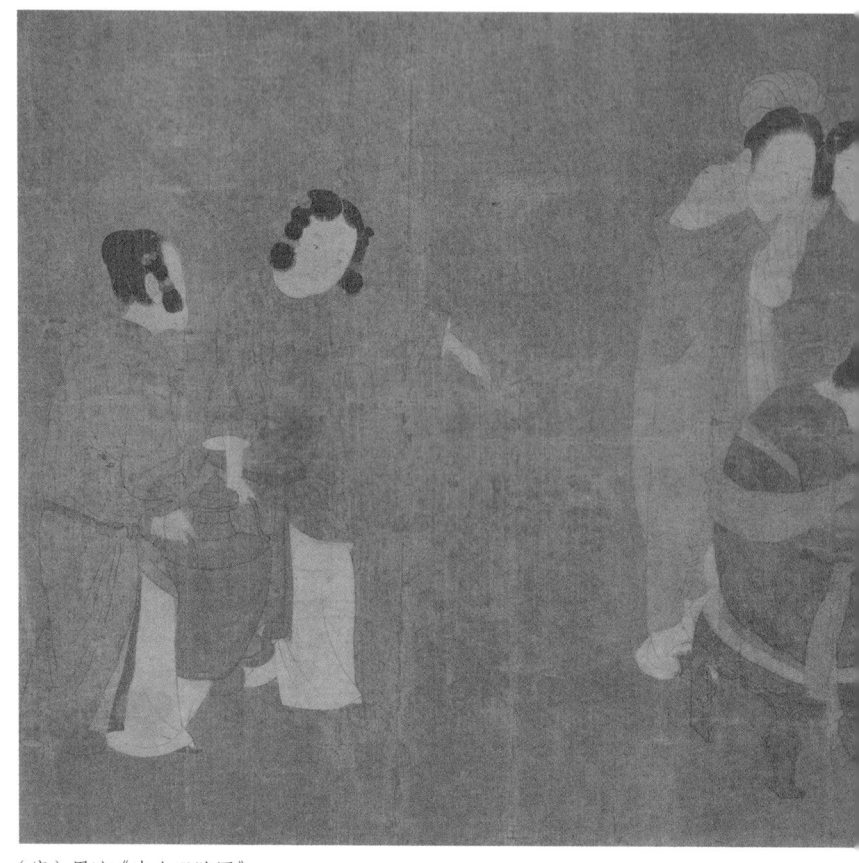

(唐)周昉《内人双陆图》

用到两个骰子，一个骰子有六个面，两个骰子就是双六，"六"通"陆"，双陆的名字由此而来。

隋唐时期，双陆在贵族阶层比较流行，武则天和唐中宗的皇后韦氏都喜欢打双陆。到了宋朝，双陆逐渐在民间盛行，都城汴京的各大酒楼中，店主人为了吸引客人，会提供双陆棋供大家娱乐。

崔十三娘和王十一娘吃糕点的那么会儿工夫，侍从已经把双陆棋盘搬到凉亭中了。棋盘上有黑白子各十五枚，骰子两枚。

"来，我们开始吧。"崔十三娘问王十一娘，"游戏规则你还记得不？"

"记得，上次我妈教我玩过。黑白双方轮流掷骰子，黑棋自上左向右，然后向下右再向左，白棋自下左向右，然后向上右再向左。在这个走棋的过程中，双方互相博弈，吃对方的棋子，先到终点的一方赢。"

"看来你也不是什么新手啊，规则记得这么清楚。那就开始吧。"

崔十三娘放下酒杯，准备大战一场。

双陆和樗蒲一样，也考验智力，一旦进入游戏状态，一时半会儿舍不得停下。崔十三娘从小就爱打双陆，她轻车熟路，游刃有余，轻而易举就赢了王十一娘三局。她本想到此为止，没想到王十一娘不依不饶，非得继续。

"再来两局嘛。你没发现我在进步吗？说不定下一局我就能赢了。"

崔十三娘无奈："行，既然你不怕输，那我也就不客气了，继续吃你的子。"

在双陆游戏过程中，输的一方会不断被吃掉子。武则天曾经做了一个梦，梦见自己打双陆总是输，她问狄仁杰这个梦是什么意思。狄仁杰说，双陆输了意味着"无子"，这是上天在警示陛下，太子是天下的根本，根本一旦动摇，天下就危险了。

因狄仁杰这番话，武则天把被贬的庐陵王李显召回了洛阳，恢复了他的太子之位。后来，李显登基为帝，即唐中宗。一个小小的双陆游戏，因为暗含"无子"的意思，冥冥之中影响了大唐的政治局面。从中也能看出，不论是武则天还是狄仁杰，都精通双陆，不然也不会由此延伸到天下大事上来。

崔十三娘和王十一娘连着玩了五六局，无一例外都是王十一娘输。但王十一娘进步很快，有一局差点赢了。她对此表示满意："我果然有玩双陆的天赋，今天我进步很大呢。"

"看出来了。要不我们先休息一下，动了这么久的脑子，我也累了呢。"

"好吧。我们继续喝葡萄酒。"

崔十三娘松了口气，总算可以让大脑休息一下了。她拿了一个樱桃饆饠，开心地吃了起来。

王十一娘又说："听说最近流行一种叫长行的游戏，你知道吗？"

"嗯。"崔十三娘咽下食物，含混着说，"我玩过啊。长行是由双陆演变而来的，游戏规则也有点像双陆，但又不完全一样。长行有黄黑棋子各十五枚，骰子两枚。你既然掌握了双陆的技巧，玩长行应该也不在话下。"

"改天你教我？"

"没问题。等我帮我姐姐选好嫁衣和首饰，再来找你玩。"

"好嘞。你们哪天去定做首饰，我陪你们一起。"

"过几天我叫你。"崔十三娘问，"我们接下来干吗，还要继续玩双陆吗？"

"今天玩累了，我们还是喝酒吧。"

"好，喝酒。"

良辰美景，有美食和美酒相伴才是赏心乐事。

小知识：

1. 双陆在唐朝很受欢迎，尤其是贵族阶层。唐朝画家周昉的《内人双陆图》描绘了贵族妇女打双陆的场景，此画现藏于美国弗利尔美术馆。

2. 《新唐书·狄仁杰传》记载了武则天和狄仁杰关于双陆的一段对话："久之，召谓曰：'朕数梦双陆不胜，何也？'于是，仁杰与王方庆俱在，二人同辞对曰：'双陆不胜，无子也。天其意者以儆陛下乎！且太子，天下本，本一摇，天下危矣。'"

3. 唐中宗的韦皇后也酷爱双陆游戏，《旧唐书·后妃传》记载了她和武三思打双陆的事："（韦皇后）引武三思入宫中，升御床，与后双陆，帝为点筹，以为欢笑，丑声日闻于外。"

4. 《唐国史补》记载："今之博戏，有长行最盛。其具有局、有子，子有黄黑各十五，掷采之骰有二。其法生于握槊，变于双陆。"大致意思是，长行是当时最盛行的游戏，有黄、黑棋子各十五枚，骰子两枚，玩法由握槊和双陆这两种游戏演变而来。

水

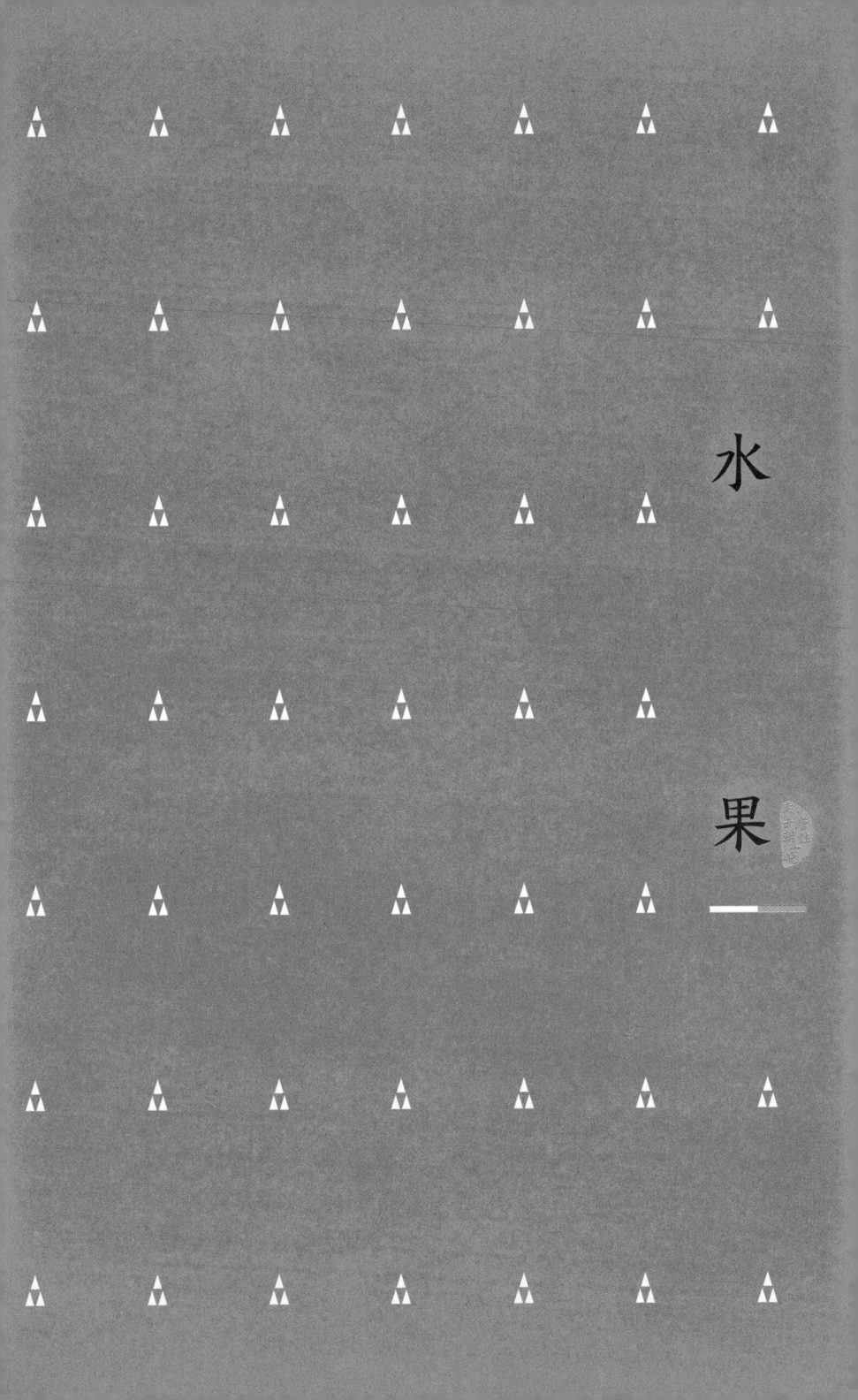

果

一

我们大唐水果多，有诗为证

静谧的午后，崔十三娘坐在窗边的榻上绣手帕。秋日里凉风习习，非常舒适。崔十三娘绣得很认真，因为这个帕子是为崔五娘结婚准备的。

崔十三娘正聚精会神地绣花，有人走进她的房间，在她身边摆了一篮子水果。她以为是侍女喊她用下午茶，随口说："先放着吧，我绣完再吃。"

"这是刚洗的水果，趁着新鲜可口，赶紧吃。"说话的是崔五娘。

崔十三娘抬头一看，崔五娘正笑盈盈地看着她。她笑着问："哪来这么多水果啊？你去西市了吗？"

"裴三郎送来的，他说现在正是水果丰收的季节，送一些来给我们尝尝鲜。"

崔十三娘仔细一看，篮子里的水果多种多样，有李子、杏子、枣、梨、柑橘……

"这些都是我喜欢吃的水果。没想到我这未来姐夫还挺贴心的嘛，知道送水果来刷印象分。他特地去西市买的？"

崔五娘摇头："他自己家种的。"

崔十三娘头顶一排大写的问号。她去过裴家，没听说他家种水果啊。

崔五娘解释："是裴三郎的爷爷种的。裴爷爷是陶渊明的铁杆粉丝，一心想过隐居生活。前年退休之后，他在蓝田县买了一处宅子，还承包了一大片果园。这不，果子丰收了，他送一些进城给大家尝尝鲜。"

原来如此。崔十三娘心想，没想到裴爷爷还有这一爱好。

古代不少文人都崇尚隐逸生活，比如诗人孟浩然，二十多岁就上鹿门山隐居了。隐居期间，孟浩然的一个爱好就是种果树。他在《田园作》中写道："弊庐隔尘喧，惟先养恬素。卜邻近三径，植果盈千树。"按照字面意思，"植果盈千树"就是种了一千棵果树，那是相当大的一片果园了，工作量想必也不小，可见孟浩然对山居生活的热爱。

杜甫和孟浩然一样，也喜欢种果树。在成都草堂生活期间，他写下了诗："草堂少花今欲栽，不问绿李与黄梅。石笋街中却归去，果园坊里为求来。"从诗中可以看出，杜甫的果园里有李树，还有梅树。

柳宗元也是一位园丁级诗人，被贬到偏远的柳州期间，他拥有一片果园，他种的是柑橘树。如他在《柳州城西北隅种柑树》中所写："手种黄柑二百株，春来新叶遍城隅。"

看，柳宗元的果园虽然没有孟浩然的大，但是两百棵柑橘树，也不是个小数目了。

不论是杜甫、柳宗元，还是裴三郎的爷爷，他们种的果树都是大唐本土水果中的常见品种。唐朝人的生活和水果分不开，他们自己还给水果排名："以绿李为首，楞梨为副，樱桃为三，柑子为四，蒲桃为五。"前五名分别是：绿李、楞梨、樱桃、柑子（柑橘）、蒲桃。

崔十三娘从篮子里挑了个柑橘，剥开之后，一股浓郁的水果香扑面而来。她掰了一瓣放进嘴里，吃得心满意足，不由得夸赞："裴爷爷种水果的水平一流，这是我今年吃过最好吃的柑橘。我可喜欢吃柑橘了，又香又甜。"

"柑橘在我朝很受欢迎，连皇宫中都有种呢。"崔五娘说，"你既然这么喜欢吃柑橘，多吃几个呗，给我留一些李子就行。我喜欢吃李子。"

崔十三娘拿了个李子递给崔五娘："吃吧。李子是我朝水果中的扛把子，上至宫廷，下到民间百姓，大家都很喜欢，西市上卖李子的水果店也有不少。"

"裴三郎让我问问你，你喜欢吃哪些水果。裴爷爷的果园里有很多不同品种的果树，等到了其他水果成熟的季节，他再送一些过来。"

崔十三娘想了想："我喜欢吃的水果很多啊，除了柑橘，还有桃子、枇杷、樱桃……"

崔五娘掩嘴笑："你可真会吃，樱桃可是我朝水果中的顶流。"

正如崔五娘所说，樱桃在唐朝绝对是热门水果之一，皇家园林中有专门的樱桃园。到了樱桃成熟的季节，宫里还会举行樱桃宴。皇帝会将樱桃赏赐给百官，君臣同乐。王维的《敕赐百官樱桃》一诗就记录了樱桃宴的场景："芙蓉阙下会千官，紫禁朱樱出上阑。才是寝园春荐后，非关御苑鸟衔残。归鞍竞带青丝笼，中使频倾赤玉盘。饱食不须愁内热，大官还有蔗浆寒。"

不止王维，杜甫在门下省任职期间，也参加过樱桃宴，并得到了皇帝赐的樱桃。很多年后他在蜀地定居，看见当地樱桃成熟了，不由得回想起了长安的樱桃宴。感慨之余，他写了一首《野人送朱樱》：

"西蜀樱桃也自红，野人相赠满筠笼。数回细写愁仍破，万颗匀圆讶许同。忆昨赐沾门下省，退朝擎出大明宫。金盘玉箸无消息，此日尝新任转蓬。"

崔十三娘是正宗的吃货，她思考了一下自己的口味，又给崔五娘报了几种："柿子、杨梅、西瓜，也很对我的胃口。哦对了，我不仅喜欢直接吃樱桃，还喜欢吃樱桃馅儿的糕点，樱桃饆饠就是我爱吃的，一个人能干掉一盘。"

"好好好，知道了。来年樱桃成熟时，我们亲自去果园采摘。"

"好主意，亲手摘的樱桃好吃。劳动最光荣！"

等到樱桃成熟时，唐朝的果园一定是一幅非常美好的景象。

小知识：

1. 唐朝本土水果种类繁多，比如李子、梨、桃、柿、杏、柑橘、枇杷……白居易在诗中写到过枇杷，《山枇杷》："深山老去惜年华，况对东溪野枇杷。"

2. 杨梅在中国的历史非常悠久，文字记载可追溯到西汉时期，比如司马相如的《上林赋》："樗枣杨梅，樱桃蒲陶，隐夫薁棣，荅遝离支。"

3. 李白在《梁园吟》一诗中写到了杨梅："平头奴子摇大扇，五月不热疑清秋。玉盘杨梅为君设，吴盐如花皎白雪。"

4. 唐朝皇宫里种了柑橘树，《酉阳杂俎》记载："甘子，天宝十年，上谓宰臣曰：'近日于宫内种甘子数株，今秋结实一百五十颗，与江南、蜀道所进不异。'……"天宝是唐玄宗的年号。

5. 柿子是唐朝本地常见的水果之一,《酉阳杂俎》一书中记录了柿子的七大优点:"柿,俗谓柿树有七绝:一寿,二多阴,三无鸟巢,四无虫,五霜叶可玩,六嘉实,七落叶肥大。"

外来水果和贵族水果,了解一下

崔五娘下午要去定做婚礼用的首饰,她提前通知了王十一娘,因为这位爱凑热闹的姑娘早就表示要陪她一起逛街。用王十一娘的话来说,看见姐妹们买买买,就当自己买买买了,既不花钱,又可以过一把购物的瘾。

由于太热衷逛街,心情激动,王十一娘上午就到了崔家。她不是空手来的,不仅给崔九郎带了葡萄酒,还给崔家姐妹带了一篮子葡萄和石榴。

"来就来嘛,这么客气干啥。"崔九郎嘴上这么说,身体却很诚实,迅速收下了葡萄酒。

崔五娘也接过王十一娘递来的水果,她低头看着一串串紫色的葡萄,又看了看崔九郎手里的葡萄酒,顿时有了个主意:"我们今晚就把葡萄酒喝了吧。新鲜的葡萄配葡萄酒,再来个烤羊腿,多带劲啊!"

"你不就是惦记上了十一娘送我的葡萄酒,想分一杯羹嘛。"崔九郎看出了姐姐的小心思,"行,那今晚我们就把它喝了。"

"等我们逛街回来喝。你记得提前让厨子准备好烤羊腿,我们大吃一顿。"

崔十三娘的心思全在篮子里的葡萄上，她啧啧感叹："这葡萄长得真好，颗颗饱满，颜色紫黑，一看就很好吃的样子。没想到啊，如今我们的国家也能把外来水果培育得这么好。"

"葡萄是外来水果？"王十一娘一脸蒙。

"对啊，你不知道吗？"

"还真不知道。长安种葡萄的那么多，我以为是本地水果呢。"

"古时候我们中原并没有葡萄，汉武帝时期，张骞出使西域，打通了大汉和西域各国的贸易之路，葡萄就是在那之后传到中原的。"

"原来如此。我光知道我们大唐的葡萄香甜，倒是不知道还有这一层历史渊源。"

崔九郎适时插话："葡萄来自西域，所以西域人酿的葡萄酒是最好喝的。"

"我们大唐酿的葡萄酒也不差啊。从汉朝到现在，这么多年过去了，葡萄在中原被培育得越来越好，品种越来越多，现如今我们酿葡萄酒的技术也改进了。"

"确实，葡萄越种越好了呢。"崔十三娘摘了一颗葡萄放进嘴里，滋味酸酸甜甜，她非常满足，"口感真棒。"

王十一娘虚心求教："除了葡萄，还有哪些水果是外来的呀？"

崔九郎指了指果篮里的石榴，对她说："这个也是啊。"

"啊？"

"是的，你没听错。石榴和葡萄一样，也是张骞出使西域后带回中原的。"

"学到了。石榴还真是水果中的佳品呢，不仅果子好吃，石榴花也好看。"王十一娘低头看了一眼自己鲜艳的红裙子，"难怪大家都说石榴裙，石榴花多鲜艳啊。回头我要在院子里种一棵石榴树。以后你们来我家就能吃到新鲜的石榴了。"

崔十三娘调侃她："一棵太少了。园丁十一娘，请为我承包一整片石榴园吧。"

王十一娘："哈哈哈哈。"

崔五娘叹了口气："可惜啊，咱们长安不能种荔枝。我好喜欢吃荔枝。上次陛下赏赐给爷爷一篮子荔枝，我有幸尝了一些，只觉得香甜美味，至今难忘。"

"荔枝是热带水果，咱们这边是种不出来的，想吃新鲜的荔枝只能去岭南。"崔九郎说，"在咱们大唐，荔枝可是贵族水果，只有皇族才有资格吃。"

"那可不！要不是陛下赏了荔枝给爷爷，我至今都不知道荔枝是什么味道。"

王十一娘非常赞同："荔枝从岭南运到长安，长途跋涉，需要耗费大量的人力物力，一般人确实吃不起。"

唐玄宗时期，因杨贵妃喜欢吃荔枝，玄宗命人八百里加急运送荔枝回长安。杜牧的《过华清宫·其一》就写了此事："长安回望绣成堆，山顶千门次第开。一骑红尘妃子笑，无人知是荔枝来。"

正是因为杜牧这首诗，杨贵妃爱吃荔枝的典故流传得更广了，甚至如今有荔枝品种就叫"妃子笑"。

崔十三娘叹了口气："荔枝这样的贵族水果，我们仰望一下就行了，还是老实吃葡萄、石榴、樱桃、李子、梨吧。这些水果好种，长安应有尽有。"

"好啦，别光顾着聊天了，我们还要去定做首饰呢，该出门了。"崔五娘催促，"逛累了正好回来吃烤羊腿，还有十一娘带来的水果和葡萄酒。"

王十一娘一脸憧憬。

崔十三娘看出了王十一娘想加入,主动邀请她:"你晚上跟我们一起吃烤羊腿吧,顺便把葡萄酒喝完。"

"可是我得赶在宵禁之前回家啊。"

"今晚就住我家吧!"

王十一娘接受了这一提议,心情也瞬间变美好了。

三个小伙伴上了马车,开开心心地逛街去了。

小知识:

1. 《酉阳杂俎》记载:"此物(葡萄)实出于大宛,张骞所致。有黄、白、黑三种,成熟之时,子实逼侧,星编珠聚,西域多酿以为酒,每来岁贡。在汉西京,似亦不少。"大致意思是,葡萄来自大宛国,是张骞带来长安的。葡萄有黄、白、黑三个品种,成熟时像星星和珠宝一样聚在一起。西域大多用葡萄酿酒,每年进贡。汉朝时的长安城也种了不少葡萄。

2. 杨贵妃生于蜀地,因而喜欢吃荔枝。岭南的荔枝比蜀地的更好吃,玄宗为了满足杨贵妃这一喜好,让人快马加鞭运送荔枝回京。见《唐国史补》:"杨贵妃生于蜀,好食荔枝,南海所生,尤胜蜀者,故每岁飞驰以进。"

3. 《博物志》记载:"汉张骞出使西域,得涂林安石国榴种以归,故名安石榴。"大致意思是,汉朝时张骞出使西域,把安石国的榴种带了回来,所以取名叫安石榴。

4. 李商隐在《石榴》一诗中写到了石榴和桃两种水果:"榴枝娇娜榴实繁,榴膜轻明榴子鲜。可羡瑶池碧桃树,碧桃红颊一千年。"

婚礼

想结婚，先完成这些步骤

时间过得很快，一转眼就到了崔五娘结婚的日子。这一天，崔家上下乃至方圆一里内都笼罩着喜庆的气氛。

崔十三娘过于兴奋，天没亮就醒了，翻来覆去再也睡不着。她起来梳洗打扮，去帮姐姐准备出嫁事宜。新娘崔五娘倒是很淡定，一觉睡到自然醒，无忧无虑。要不是崔十三娘跑去找她，她还想再赖会儿床。

"新娘子快起来，朋友们都已经来了呢。"崔十三娘脸上写着"激动"二字。虽然婚礼要到傍晚才开始，但是他们的好朋友此刻已经聚集在了崔家，一个个比当事人还兴奋。

唐朝人的婚礼在傍晚举行，婚礼最开始叫昏礼，"昏"即黄昏的意思。《礼记》对于"昏礼"的定义是："昏礼者，将合二姓之好，上以事宗庙，而下以继后世也。"

这也是为什么崔五娘会不慌不忙。这不才清晨嘛，离傍晚还早呢。

崔五娘梳洗完，王十一娘和曹四娘来到了她的房间，姐妹们都想早早地一睹新娘子的风采。

曹四娘第一次参加唐朝婚礼,新鲜感十足。她问崔五娘:"你们家里里外外都好喜庆啊,你感觉如何?紧不紧张?"

"不紧张啊。结婚流程拉得很长,我已经慢慢消化完了自己结婚这件事。"

曹四娘没太明白"结婚流程拉得很长"这句话的意思,露出了疑惑的表情。崔十三娘给她解释:"在我们大唐,婚不是说结就结的,仪式感很足呢。今天的婚礼仪式叫作'亲迎',就是迎娶新娘子的意思。但是在亲迎之前,还有纳采、问名、纳吉、纳征、请期这五个步骤。它们合称为婚姻'六礼'。"

曹四娘眨巴眨巴眼睛,听不太懂:"你说的这几个步骤,分别是什么意思?"

"纳采是第一步。男方若是看上了女方,就得先请媒人到女方家中提亲。当然,媒人是不能空手去的,要带的彩礼有合欢、嘉禾、阿胶、九子蒲、朱苇、双石、绵絮、长命缕、干漆这九种,都是吉祥的寓意。女方如果同意,就会收下彩礼。"

"要是不同意呢?"

"那就拒收呗。然后就没有然后了。"

"哈哈哈。"曹四娘懂了,"如果收下,是不是就开始问名了?"

"是的呢,问名也得请媒人。媒人需要取回女方的生辰八字,然后把男方和女方的生辰八字配对占卜,测吉凶,也就是纳吉。占卜结果若是吉兆,意味着这桩婚事稳了,可以送聘礼上门了。"

曹四娘若有所思:"所以,'纳征'就是男方去女方家送聘礼的意思咯?"在大唐生活的这两年里,她倒是在大街上见过几次抬聘礼的人。

崔十三娘点了点头:"看来你已经是半个大唐通了,还会举一反三呢。没错,送完聘礼就是请期,这个'期'就是结婚的日期,良辰吉日。"

"你一个没出嫁的小姑娘,怎么对结婚的礼仪这么熟悉?"

崔十三娘突然被问住,脸一红。一旁的王十一娘赶紧抢答:"因为刚才说的五个步骤,十三娘已经全部完成了啊。她和杨二郎订完婚了,你不是知道嘛。"

"对哦,我怎么忘了这一茬儿。"曹四娘恍然大悟,她问崔十三娘,"你的良辰吉日是哪一天?"

"我还早呢,明年腊月之前办婚礼。"

"仪式感确实拉满了。你们不愧是礼仪之邦。"

姐妹们在房间里聊了会儿天,崔九郎来喊她们去用餐。

下午,侍女喊崔五娘去化妆,崔十三娘这群女孩也跟着去围观。她们看着崔五娘化了精致的妆容,戴上了专门定做的发簪,不由得惊呼,崔五娘美得像是从仕女图中走出来的一样。

等到崔五娘换完婚服,曹四娘愣住了,她发出了灵魂拷问:"在你们大唐,结婚不穿红衣服吗?"

在她面前,满头珠翠的崔五娘穿了一身绿色的婚服,这令她很意外。崔家上下布置得这么喜庆,入眼的皆是红色。万万没想到,新娘子穿的不是红色婚服,竟是绿色。

崔五娘笑着解释:"在我们大唐,新郎才穿红衣服,新娘是穿绿衣服的。"

"以前竟然不知道这一讲究。涨知识了。"

"我们先去外面等新郎官来迎亲吧,一会儿还有任务要交给你们呢。"崔十三娘拉着曹四娘和王十一娘出了房间。

这时,崔九郎过来了,他给了女孩们一人一根竹杖:"今天的'下婿'任务就交给你们了。记住别动真格儿啊,意思一下就行了。裴三郎可是我的好兄弟。"

"下婿"是唐朝婚礼习俗之一,女方亲友会对新郎嬉戏打闹,甚至用竹杖敲打新郎。其用意大致是:告诉新郎想娶走新娘没那么容易,望其好好珍惜新娘子。现如今的婚礼有一"堵门"环节,新娘的亲友们拦在新房门口刁难迎亲团,安排新郎和伴郎做一些恶搞游戏,这跟唐朝的"下婿"婚俗相似。

王十一娘对"下婿"这一环节十分熟悉,之前她表姐结婚,她也领到了这个任务。她狡黠地看了一眼崔十三娘和曹四娘,露出一个"你们懂的"的眼神。女孩们嘻嘻哈哈地表示一定完成任务。

不一会儿,崔家大门外传来吹吹打打的声音,是新郎来迎亲了。

崔九郎一挥手:"走,'下婿'去!"

小知识:

1. 婚姻六礼,见《礼记·昏义》:"是以昏礼纳采、问名、纳吉、纳征、请期,皆主人筵几于庙,而拜迎于门外,入,揖让而升,听命于庙,所以敬慎重、正昏礼也。"
2. 纳采所用的彩礼物件,见《酉阳杂俎》:"婚礼,纳采有合欢、嘉禾、阿胶、九子蒲、朱苇、双石、绵絮、长命缕、干漆。九事皆有词:胶漆取其固;绵絮取其调柔;蒲苇为心,可屈可伸也;嘉禾,分福也;双石,义在两固也。"
3. 下婿的婚俗,如《酉阳杂俎》记载:"以竹杖打婿为戏,乃有大委顿者。"

想娶妻，接新娘子不容易

裴三郎经历重重考验，终于"杀"出重围，成功走到了崔五娘的房门口。他不由得感叹，结个婚真是不容易啊！幸亏他平时跟崔五娘身边的人关系不错，大家在"下婿"环节没有太难为他。要不然，他哪儿能这么轻易过关。

裴三郎在新房门口等了一会儿，见崔五娘并不着急出来。一同来迎亲的人提醒裴三郎："吉时就要到了，再不走我们要赶不及了，你快念催妆诗吧。"

所谓催妆，就是催新娘子赶紧化好妆出来的意思。唐朝是诗歌的盛世，衣食住行皆可入诗，催妆也可以和诗相结合，催妆诗应运而生。

大喜的日子，新郎难免紧张，情急之下可能脑子会卡壳，念不出诗。没关系，唐朝很人性化，催妆诗可以由朋友代为完成。诗人贾岛就替结婚的朋友写过一首《友人婚杨氏催妆》："不知夕夕是何夕，催促阳台近镜台。谁道芙蓉水中种，青铜镜里一枝开。"

裴三郎有备而来，他对着崔五娘的房门大声念了提前作好的催妆诗，一念就是三首。果不其然，房门马上开了。崔五娘以扇遮面，从房中款款走出。

唐朝女子结婚一般不盖红盖头,而是用扇子挡住脸。因此,入了洞房后,新郎不需要为新娘揭红盖头,而是——念诗,用诗打动新娘,让她主动放下扇子。这一环节的诗叫作"却扇诗"。

不愧是文化繁荣的大唐盛世,不会作诗简直寸步难行。

崔五娘一出来,裴三郎立刻露出了笑容,开开心心地带着新娘子上婚车了。但是,想要把新娘子从崔家接走,他还需要过一关——障车。可以理解为,新娘的亲友们拦着婚车或婚轿不让走,闹一闹,须得男方发红包才散去。

唐朝的"障车"婚俗不仅有新娘的亲友们拦婚车,路人也会加入。这时候迎亲的人得提前准备好红包或吃食分给大家,把大家哄高兴了才能顺利通行。

崔十三娘眼看着姐夫骑着高头大马把姐姐娶走了,又开心又难过。从今往后,她再也不能每天缠着姐姐陪她吃喝玩乐了,想想还是挺难受的。

王十一娘一回头,见崔十三娘眼眶红红的,赶紧用手帕给她擦眼泪:"怎么还哭了?今天可是五娘嫁人的日子,你得高兴才是。"

崔十三娘擦干眼泪,挤出微笑。是啊,她应该高兴才是。从今往后,多一个人疼姐姐了,这是好事。

在崔十三娘擦眼泪的同时,崔五娘的眼眶也红了。她舍不得生活了近二十年的家,舍不得对她关怀备至的家人们。过了今天,她就不再是无忧无虑的小姑娘了,她是个大人了,肩负着和裴三郎组成一个新家的责任。

崔五娘走神期间,迎亲队伍已经回到了裴家。裴三郎搀着崔五娘从婚车上下来,提醒她注意脚下。

崔五娘小心翼翼地把脚踩在了提前准备好的毡褥上。今一早崔夫人叮嘱过她,新娘下婚车脚不能沾地,会有人将毡褥放在她脚下,几块毡褥依次挪动,铺成一条路,直到她走进拜堂的青庐中。这也是唐朝婚俗,叫作"转席"。

唐朝新人拜堂的地点不在室内,而是在屋外搭起的青色帐子里,即"青庐"。青庐拜堂是汉朝旧俗,一直沿用到了唐朝。

裴家乐曲声不绝于耳,热闹非凡。崔五娘还没从离开家的悲伤情绪中缓过神来,立马被热闹的气氛感染了,心情也顿时变好了。她在裴三郎的陪同下完成了拜堂、喝合卺酒、却扇、观花烛等环节。

让崔五娘惊喜的是裴三郎念的"却扇诗",以前她没注意,裴三郎的文采非常不错。不论是之前的催妆诗还是此刻的却扇诗,都远远超出了普通人的作诗水准。基于此,崔五娘在心里给她的新婚丈夫加了一分。

裴三郎贴心地对崔五娘说:"累不累呀?婚礼已经完成了,你要是累,可以休息一会儿。"

崔五娘坐在婚房中,看着燃烧的红烛,感觉像做梦一样。一眨眼,她已经完成了人生中最重要的事。她摇摇头:"还好,不累。但是有些饿。"

"一会儿我让人拿点吃的过来。"

"再拿点喝的来,我也渴了。"

"哈哈,好的。"

"你呢,饿不饿?"

裴三郎摇头。他感叹:"像做梦一样,以后我们就是夫妻了。结发为夫妻,恩爱两不疑。"

崔五娘羞涩地点了点头。

之所以叫"结发夫妻",是因为唐朝婚礼沿袭了"合髻"这一习俗。新婚当天,新娘和新郎须剪下一缕头发,系在一起。就在刚才的婚礼中,崔五娘和裴三郎完成了"合髻",从今往后他们就是夫妻了。结发为夫妻,恩爱两不疑。

小知识:

1. 唐朝婚礼习俗很多,男方和女方家都有很多讲究。《酉阳杂俎》记载:"近代婚礼,当迎妇,以粟三升填臼,席一枚以覆井,枲三斤以塞窗,箭三只置户上。妇上车,婿骑而环车三匝。女嫁之明日,其家作黍臛。女将上车,以蔽膝覆面。妇入门,舅姑以下悉从便门出,更从门入,言当躏新妇迹。又妇入门,先拜猪楲及灶。娶妇,夫妇并拜,或共结镜纽。又娶妇之家,弄新妇。腊月娶妇,不见姑。"

2. 在屋外搭青庐拜堂的习俗源于汉朝,在北朝极盛,一直沿续到了唐朝,见《酉阳杂俎》:"北朝婚礼,青布幔为屋,在门内外,谓之青庐,于此交拜。迎妇,夫家领百余人,或十数人,随其奢俭,挟车俱呼:'新妇子,催出来!'至新妇登车乃止。"

3. 障车、下婿、却扇、观花烛等婚俗,不仅民间百姓结婚时会有,皇室也一样。《封氏闻见记》记载:"近代婚嫁有障车、下婿、却扇及观花烛之事,及有下地、安帐并拜堂之礼。上自皇室,下至士庶,莫不皆然。"

4. 李商隐代朋友董秀才写过一首却扇诗,《代董秀才却扇》:"莫将画扇出帷来,遮掩春山滞上才。若道团圆似明月,此中须放桂花开。"

新年

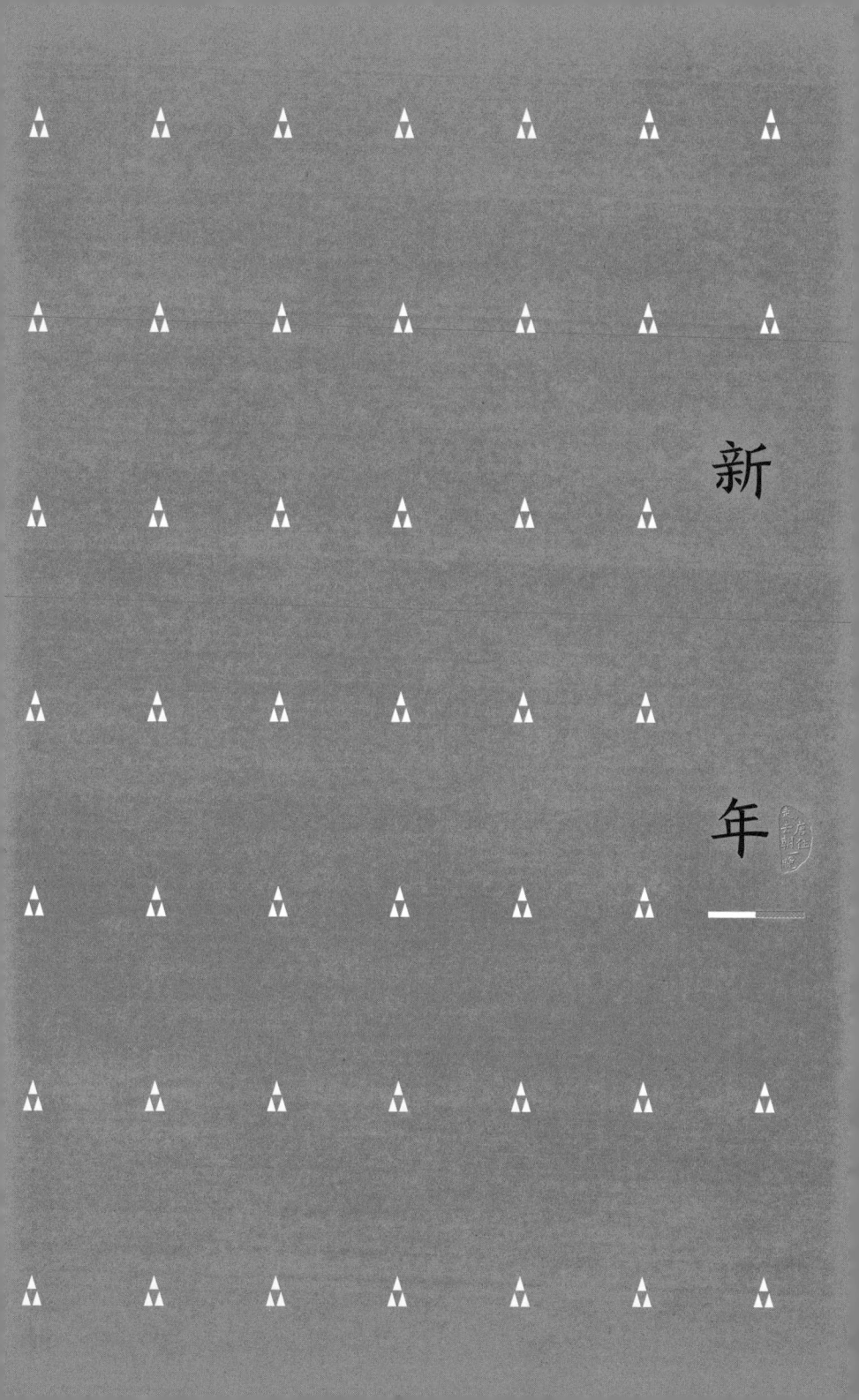

没有春晚的除夕夜,我们不无聊

自从崔五娘出嫁,崔十三娘的生活少了很多乐趣。以往她随时可以拉着崔五娘陪她逛街、下棋、打猎、玩樗蒲……如今她只能自娱自乐了。好在新年来临,她爸爸和爷爷都开始休假,家里热闹了不少。

注意,唐朝人的新年不叫"春节",而是叫元日、元正或者元旦。再注意,唐朝人的"元旦"跟现代人认知中的元旦指的不是同一天。可以这么理解,唐朝人所说的元旦,等于现如今的春节。

不过呢,唐朝新年的放假时间跟现在是一样的,七天黄金周,且不用调休。

除夕这一天,崔十三娘可忙坏了。由于崔五娘不在家过年,她得帮她妈妈崔夫人一起准备过年所需的物品。母女俩忙里忙外,又去西市采购了一番,满载而归。

到了晚上,崔九郎兴致勃勃地喊崔十三娘出门看热闹:"我们快走吧,驱傩表演就要开始了。难得除夕出门不用担心犯夜禁,我们玩个痛快,然后回来陪爸妈守岁。"

驱傩是唐朝盛行的一种驱除疫鬼的仪式,尤其是除夕夜的驱傩,几乎人人参与,场面十分盛大。大家戴上青面獠牙的鬼怪面具,敲锣打鼓唱唱跳跳,祈求新的一年平安顺遂。整个长安城都笼罩在这种喜庆的氛围中,一直到天明。至于宵禁,在除夕夜是不存在的。

崔十三娘对驱傩表演很感兴趣,每年除夕夜她和崔五娘都会准时去大街上围观,甚至加入其中。今年也不例外,几天前她就跟崔五娘约好了时间,选在朱雀大街的某处会面,一起参加除夕驱傩。除了崔五娘夫妻俩,今晚一起出来玩的还有杨二郎、王十一娘、曹四娘、李十一郎等一大帮朋友。过年嘛,要的就是人多,越热闹越好。

崔十三娘和崔九郎赶到约定地点时,小伙伴们差不多都到齐了。大家涌入驱傩队伍中,一边欢笑一边歌舞。人群熙熙攘攘,涌入大街小巷。

崔十三娘见崔五娘圆润了不少,气色也很好,调侃她:"看来你婚后生活不错嘛,我放心了。"

崔五娘笑了笑,她说了句什么,崔十三娘没听清,因为她们的对话很快就淹没在了爆竹声中。

过年期间,最有仪式感的事莫过于放爆竹了。街头巷尾随处可听见噼噼啪啪的响声,此起彼伏,不绝于耳。不过唐朝的爆竹跟大家想象中的不太一样,唐朝爆竹是字面意思——竹子爆破。竹子中间是空的,丢进火中会炸开,发出声响。尽管唐朝就已经出现火药了,但火药爆竹是宋朝才出现的。

崔十三娘他们听到的声音就是竹子炸开的响声。

一旦有人开了头,其他人也跟着放爆竹。顷刻间,朱雀大街两边全是爆竹的响声,完全掩盖了驱傩队伍的人声。曹四娘已经不是第一次在长安过年了,但还是兴奋不已,她凑到崔十三娘的耳边,向她述说着自己的喜悦之情。

大家跟着驱傩队伍凑了许久热闹，杨二郎表示时间不早了，该回去陪家人守岁了。

崔十三娘点头："我爸妈也在家等我呢，那我们先回家去吧。"

崔五娘拉着妹妹的手，依依不舍："过完年我回娘家探亲，你有什么想吃的，回头我给你带。"

"你多回来看看我们就行，快回去守岁吧。节后见。"

小伙伴们互相祝贺新年，然后互相告别，各回各家。

崔十三娘走进崔家大门，只见院子里燃烧着篝火，十分明亮。唐朝人管这一习俗叫"庭燎"。和现如今除夕当天打扫卫生革新除旧的习惯不一样，唐朝人除夕不清理垃圾，他们认为这样不利于守住家财。家里若是有废弃的扫帚之类的物件，直接丢进庭燎的火堆里烧掉即可。

崔夫人正带着几个侍女往火堆里丢东西。崔十三娘提醒她："妈，你要当心啊，火势别太大，万一失火就糟了。"

"放心吧，有人看着呢，稳妥得很。"崔夫人说，"走吧，陪你爷爷奶奶守岁去。"

崔十三娘和崔九郎来到厅堂，他们的父亲崔大人，还有爷爷奶奶早就在聚在一起守岁聊天了。旁边的桌子上摆着胶牙饧。这是唐朝流行的一种甜品，是用大麦、小麦或糯米制作而成，和现在的麦芽糖差不多。

胶牙饧主要是给老人吃的，胶牙就是固牙的意思。吃胶牙饧的美好寓意是，希望老人牙齿坚固，永不脱落。像崔十三娘这样的年轻人当然也是可以吃的，尤其她还是个甜食爱好者，怎么能错过好吃的。她和爷爷奶奶一起吃着胶牙饧，聊着天，简直不要太幸福。

崔侍中和崔舍人作为朝廷官员，本该去宫里陪皇帝欢度除夕，但皇帝念在崔侍中年纪大了,今年特许他们父子陪家人守岁,这才有了崔家人共享天伦之乐的一幕。

大家聊了会儿天,崔九郎肚子饿得咕咕叫。他尴尬一笑:"肯定是因为今晚出去玩,运动量太大,肚子提前饿了。"

恰在这时,侍女端出了饺子。崔九郎眼前一亮,这饺子来得太是时候了。

饺子在唐朝已经出现,但唐朝没有"饺子"的说法,他们给这种食物取了个奇怪的名字,叫"汤中牢丸"。

"十三娘,快来一起吃汤中牢丸呀。"

崔十三娘听到崔九郎的召唤,放下手里的胶牙饧,开始吃热气腾腾的饺子。

不知不觉,子时到了。子时也就是午夜零点左右,搁现在就是春晚《难忘今宵》音乐响起的时候。唐朝没有春晚,但不影响他们有其他乐子。子时一到,外面锣鼓喧天,爆竹声声,新年的气氛被烘托到了顶点。

旧的一年过去,新的一年已经来临。

小知识:

1. 唐朝春节叫元日或元正,放假七天,见《唐六典》:"谓元正、冬至各给假七日,寒食通清明四日,八月十五日、夏至及腊各三日。"

2. 孟郊的《弦歌行》一诗,详细描写了驱傩仪式的场景:"驱傩击鼓吹长笛,瘦鬼染面惟齿白。暗中崒崒拽茅鞭,裸足朱裈行戚戚。相顾笑声冲庭燎,桃弧射矢时独叫。"

3. 唐朝除夕也有守岁的习俗，杜甫曾在同族兄弟杜位家中守岁，并写了《杜位宅守岁》："守岁阿戎家，椒盘已颂花。盍簪喧枥马，列炬散林鸦……"

早安，新年的第一天

新年的早晨，崔十三娘换上了崭新的衣服，戴了新首饰，全身上下焕然一新。她开心地去给妈妈和奶奶拜年。长辈们心情都很好，还很贴心地给大家准备了小礼物。

崔奶奶看崔十三娘打扮得这么漂亮，非常欣慰："我们十三娘是大姑娘了，越来越好看了。"

"那是因为大家照顾得好呀，谁让我是家里最小的呢。每年过年我都有好多礼物收，幸福！"

崔夫人说："今年年底你就要嫁人了，趁着你还在家过年，我们当然得对你好点。"

"谢谢奶奶，谢谢妈妈。"崔十三娘问崔夫人，"一会儿我去挂桃符，您跟我一起去吗？"

往年春节都是崔五娘陪崔十三娘去挂桃符的，今年崔五娘在裴家过年，这个艰巨的任务就落在她一个人身上了。

在唐朝，挂桃符是新年最重要的习俗之一。桃符是用桃树枝制作而成的，表面涂成红色，上面写着神荼和郁垒两位门神的名字，分别挂在大门两边，用以镇宅辟邪。到了唐朝中后期，秦琼和尉迟恭取代了神荼和郁垒，成为新一任门神。再往后发展，画像取代了桃符，也就是现如今春节期间，大家在各地都能看到的景象：门上贴着秦琼和尉迟恭的画像。

唐朝的正月初一，每家每户都会把旧桃符摘下来，换上新的。这一习俗一直延续到宋朝，如王安石的《元日》所写："爆竹声中一岁除，春风送暖入屠苏。千门万户曈曈日，总把新桃换旧符。"没错，就是这个"新桃换旧符"。

崔夫人肩负着管理整个崔家的重任，要处理的事情太多了，没空陪女儿换桃符。她对崔十三娘说："我手头还有别的事，要不让九郎陪你去挂桃符吧。"

崔十三娘有些小郁闷："好吧。你们每个人都好忙哦，老爸和爷爷去参加大朝会了，都不知道什么时候能回来。"

元日的大朝会非常盛大。这一天，皇帝会换上衮冕，在含元殿接受文武百官的朝拜，并且要接见外国使臣。崔十三娘的爷爷和爸爸都是重要官员，自然是不能缺席的。每年元日他们父子俩都是苦哈哈的打工人，天没亮就得起床去参与这项重要活动。

崔九郎也来跟长辈拜年了，他一进门就听到了崔十三娘的吐槽，马上接茬儿："这个新年已经算幸运了，陛下没有留咱爷爷和咱爸在宫中陪着守岁。去年、前年、大前年……除夕夜根本见不到他们的影子。"

"说得也是。走，我们先去挂桃符。"崔十三娘和崔九郎一起往外走。

兄妹俩挂完桃符，崔十三娘肚子饿了。这一大清早起床，她还没吃早饭呢。可是她刚准备撤，崔九郎拦住了她："事情还没做完，做完再吃，还能饿着你不成。"

崔十三娘纳闷:"还有什么事?"

"你忘了?幡子还没挂。以往过年都是五姐陪我去挂的,今年就由你代劳了。"

崔九郎说的幡子是一种长条形的旗子。唐朝人过年会在院子里插一根竹竿,竹竿上挂着幡子。幡子随风飘扬,寓意是祈福。

崔十三娘想起了这茬儿,她点点头:"行,我陪你去。"

兄妹俩去了院子里。在侍女的帮助下,他们麻溜地挂好了幡子。崔十三娘看着彩色的幡子在风中飘扬,心中洋溢着喜悦。新的一年,崔家一家人一定会平平安安,吉祥如意。

侍女提醒他们:"夫人准备了屠苏酒和椒柏酒,让你们过去喝呢。"

"好嘞。"崔十三娘拉着崔九郎的衣衫,"走吧走吧。喝屠苏酒去咯。"

屠苏酒是一种用中药泡的酒,据传是华佗发明的,其配方包括大黄、白术、桂枝、防风、花椒、乌头、附子等中药材。椒柏酒和屠苏酒类似,是用花椒和柏叶泡的。这两种酒在唐朝地位很高,据说喝了可以辟邪,延年益寿。

每逢新年,唐朝人都会喝屠苏酒和椒柏酒,而且是从年纪最小的开始喝。因为年轻人过完新年就长大了一岁,要优先祝贺他(她)。

除了屠苏酒和椒柏酒,崔夫人还准备了一个五辛盘。五辛盘相当于下酒菜。"五辛"指的是大蒜、小蒜、韭菜、芸薹、胡荽。古人认为,吃"五辛"可以祛除五脏六腑的郁气,预防疾病。

"十三娘,快过来。"崔夫人朝崔十三娘招手,"你年纪最小,就从你开始喝吧。"

崔十三娘不太喜欢这两种酒的味道,但是过年嘛,忍一忍就过去了。她端起一杯屠苏酒，跟大家说了句吉祥话，祝大家新年快乐。

崔奶奶从五辛盘中拿了一瓣蒜递给崔十三娘："十三娘，快吃一个，新的一年健健康康，无病无灾。"

崔十三娘对五辛盘中任何一种东西都不敢恭维，但是……算了，过年嘛，忍一忍就过去了。她接过奶奶手中的蒜，丢进嘴里，眼睛一闭，努力咽下去……

为了祛除口中的辛辣味，崔十三娘赶紧从旁边的盘子里拿了一个胶牙饧。甜味从舌尖扩散，辛辣味总算被盖了下去。

崔九郎看着崔十三娘吃大蒜的窘迫样儿，哈哈大笑。崔十三娘无端被嘲笑，很生气，拿了几根韭菜塞进崔九郎嘴中。崔九郎再也笑不出来了，因为他最讨厌生韭菜的味道。风水轮流转，这下轮到崔十三娘嘲笑他了。

兄妹俩闹腾了一番，崔九郎说："你不是饿了吗？我们去邻居家拜年吧，顺便蹭个饭。"

同住在崇仁坊的这些邻居，有不少是崔大人的朋友和同事。崔九郎和崔十三娘带着小礼物，挨家挨户拜年外加蹭饭去了。

长安城有个习俗，年初一家家户户都会准备丰盛的酒宴，等着邻居和亲友来拜年。大家一路拜年一路吃，等到拜完年，肚子早就吃得圆鼓鼓了。这一习俗叫作"传坐"。

崔十三娘最喜欢的环节就是传坐，可以去不同的邻居家吃不同的美食，太好了。去年她在老爸的同事孙大人家吃了一道从未见过的小吃，据说是国外传来的，她至今念念不忘。

刚一出门，崔十三娘首先朝着孙大人家走去。崔九郎知道妹妹打的什么主意，哈哈大笑，跟着一块儿去了。拜年嘛，仪式感第一，氛围感第二，大家开心最重要。

长安城的街道中,爆竹声此起彼伏,昭示着新的一年事事兴旺、平平安安。

小知识:

1. 《荆楚岁时记》记载:"正月一日,是三元之日也,谓之端月。鸡鸣而起。先于庭前爆竹,以辟山臊恶鬼。"大致意思是,正月初一是新年的第一天,这个月叫作端月。当鸡鸣的时候,人们就要起来,在庭院燃烧爆竹,辟除恶鬼。
2. 唐朝人过年喝椒柏酒和屠苏酒,吃五辛盘和胶牙饧的习俗,见《荆楚岁时记》:"于是长幼悉正衣冠,以次拜贺。进椒柏酒,饮桃汤。进屠苏酒、胶牙饧。下五辛盘,进敷于散,服却鬼丸。各进一鸡子。凡饮酒次第,从小起。"
3. 传坐的习俗,见《冥报记》:"长安市里风俗,每岁元日已后,递作饮食相邀,号为'传坐'。"

番外一

崔十三娘为大家讲解坊市和宵禁制度

盛世大唐，美丽长安。欢迎来到唐朝，今天就由我——崔十三娘，客串一天导游，带领大家游览我可爱的家乡，大唐长安城。

长安是一座被规划得四四方方整整齐齐的城市，我想，这样的布局对强迫症应该非常友好。某一日，我朝大诗人白居易登高远眺，俯瞰长安城，写下了这么一句诗："百千家似围棋局，十二街如种菜畦。"

正如白居易描述的那样，长安城东西向有五条街，南北向有七条街，这十二条街像切豆腐一样，把长安城分成了一块一块的"菜畦"，中轴线是大名鼎鼎的朱雀大街，被分成块的"菜畦"就是坊和市。

市，是做生意的地方。长安有两个市，东市和西市。坊，是居民住宅区，你们也可以理解为比较大的小区。长安共有一百零八坊。

长安城分为两个县，长安县和万年县，这两个县管辖着东西两市和一百零八坊。朱雀大街以西的五十四个坊和西市，归长安县管辖；朱雀大街以东的五十四个坊和东市，归万年县管辖。

怎么样，听到这里，带有强迫症的人是不是觉得非常舒适？多整齐的规划啊！你们可以放心大胆地在大街上走，绝对迷不了路，我们长安城内就没有弯路。

除了刚才提到的坊和市，长安城里还有对我们普通百姓来说"与我无关"的三座宫殿，分别是太极宫、大明宫、兴庆宫。长安的东南角是我们春游踏青的好去处——曲江。

来，请跟着我重复一遍信息，加深记忆：长安城有两市三宫一百零八坊，两市三宫一百零八坊，两市三宫一百零八坊。重要的话说三遍。

之所以做这样的城市布局，主要是为了管理方便。展开说就是，坊是生活区和住宅区，理论上是不可以进行公开的商业贸易的。当然，架不住还是会有人在坊内偷偷做买卖。东西二市是正规的贸易区，你们如果想痛快购物，带点土特产、纪念品什么的回去，就得去这两个地方采购。不过注意了，东西两市的店铺并不是一大早就开门营业的，是中午营业，傍晚关门，只做下午生意。有采购需求的人不要早上去逛街，一定会扑个空的。

说到这里，你们可能会疑惑：不对啊，我明明在电视剧里看到，街道两边是密密麻麻的商铺，还有很多小摊贩摆摊呢！我可以很负责任地告诉你，这种情况不会出现在我们大唐，我们这个时代只允许在东西两市开店摆摊。甚至，你们走在街上都看不到别人家的大门，因为我们住在坊内，每个坊的外面都有围墙，你们从大街上经过，能看到的只有墙壁而已。

那么，大街上除了行人和车马，就真的一无所有了吗？也不是，还有树呢，我们这儿的街道两边会种树，唐朝绿化带了解一下。我朝最有名的人物之一太平公主知道吧,武则天的女儿。她结婚那天,由于婚礼过于盛大,夜间烛火通明,烤焦了路边的树。看,这就是公主的排面!

大家在长安游玩的这段时间,喜欢夜生活的人要稍微克制一下了,我们长安人的日常生活很规律,日出而作,日落而息。没办法,就算我们主观不想这样,也不得不遵守。这又得提到我们这儿跟"坊市"制度配套执行的"宵禁"制度了。

什么是宵禁制度?简单来说就是晚上不许随便出门溜达。

长安城白天和夜晚由鼓声来区分。每天早上五更左右,开门鼓响起,坊门打开,百姓就可以走出坊门自由活动了,该上班的上班,该上学的上学。每晚日落时分,衙门会进行一个倒计时——敲六百下闭门鼓。鼓声结束,坊门和市门会准时关闭,该关店门的关店门,该下班的下班,各回各家。

敲黑板,画重点:假如你走在街上,忽然听到闭门鼓响了,那么不要犹豫,赶紧回下榻的客栈,或者去本地朋友家借宿一晚。实在没办法的,就地找个客栈凑合一下也行,总之不能被巡夜的士兵看到你在街上乱窜,那是很严重的一件事。

在我们大唐,夜晚无故在路上行走是犯罪!罪名叫作"犯夜",轻则遭受笞刑,也就是被抽打,重则会丢掉小命。所以大家一定要记住我的话,为了你们的人身安全,跟我们唐朝人一样早睡早起是最明智的。说不定等你们回到 21 世纪,良好的生物钟就养成了呢。

可能你们又有疑问了:唐朝人岂不是没有夜生活?不对啊,很多古画上不是有歌舞宴饮吗?

不要怀疑,我们当然有夜生活。坊市制度只是针对坊和市之间,并不妨碍我们在坊内的娱乐场所"蹦迪"到天明。

举个例子,我家附近的平康坊是长安城有名的夜生活区,坊内有好多青楼,我朝男子就很喜欢去平康坊买醉。日落时分,闭门鼓响了,没关系,接着奏乐接着舞,坊外有士兵巡逻关我平康坊内何事!

再举个例子,你们千里迢迢来唐朝观光旅游,总得找个高级点的客栈吧?客栈内若是提供夜间娱乐,你们也可以关起门来嗨。闭门鼓响了没关系,在客栈内接着奏乐接着舞,没人管你。

坊市制度虽然有利于加强对城市的集中管理,但是对普通百姓来说,这不行那不行的,实在太压抑了。谁还不是个放荡不羁爱自由的人呢?谁不想逛夜市吃夜宵呢?有钱人当然可以在豪宅里开派对,可以去平康坊逛青楼。普通百姓没那么多钱,可普通百姓也是人,也得解放天性啊!

到了盛唐时期,曙光出现了。朝廷规定,每年元宵节取消三天宵禁,所有坊门和市门都会打开,这一政策被称为"放夜"。百姓可以随意在街上走动,尽情狂欢。朝廷还会在这几日举办盛大的节日活动,有灯会,有百戏,有歌舞……毕竟是元宵节嘛,氛围得安排上。所以"放夜"期间,百姓都会换上漂亮的衣服走上街头,嬉戏打闹,肆意狂欢。

所以啊,生活在我们唐朝,虽然有各种问题,但是也有很多欢乐对不对?

今天我的讲解到这里就结束了,感谢大家参加我们的"去唐朝住一年"之旅。再次代表唐朝,代表长安欢迎大家。

小知识：

1. 《长安志》记载，"万年领街东五十四坊及东市，长安领街西五十四坊及西市"，这段话给出的信息是，长安的万年县和长安县各管辖一市和五十四坊。

2. 《新唐书》记载："帝识其意，择薛绍尚之。假万年县为婚馆，门隘不能容翟车，有司毁垣以入，自兴安门设燎相属，道樾为枯。"大致意思是，太平公主和薛绍结婚，借用了万年县的衙门作为婚馆，因门狭窄不能容纳翟车，有关官员拆毁院墙让车进入，从兴安门设置燎烛相连，路旁大树为此枯焦。这里能得出两个信息：一是太平公主的婚礼在朱雀大街以东的万年县举行，二是长安的街道两边种树。

3. 《唐六典》记载："凡市，以日午击鼓三百声，而众以会；日入前七刻，击钲三百声，而众以散。"大致意思是，东西两市内，中午时分击鼓三百声，鼓声响起，店铺才开门营业。日落前七刻，敲锣三百下，店铺都会关门。所以，并非长安城的开门鼓一响，东西市的店铺就营业，而是午时开始营业，日落前关门，只做半天生意。

4. 《事物纪原》记载："唐睿宗先天二年正月望，初弛门禁；玄宗天宝六年正月十八日，诏重门夜开，以达阳气；朱梁开平中，诏开坊门三夜……"这段文字说明，唐睿宗和唐玄宗时期，元宵节会暂时取消宵禁政策，允许百姓晚上出门过节，即"放夜"。

番外二

崔九郎为大家揭秘唐朝的名门望族

盛世大唐，美丽长安。欢迎来到唐朝，今天就由我——崔九郎，客串一天解说员，为大家介绍一下我们唐朝的那些名门望族。

我们唐朝最顶级的门阀贵族有七个世家，分别是陇西李氏、赵郡李氏、清河崔氏、博陵崔氏、范阳卢氏、荥阳郑氏、太原王氏。这七个世家被称为"五姓七望"或"五姓七族"。

在我们这个时代，世族大家一般以"郡望＋姓氏"的模式来区分，比如，陇西李氏是指来自陇西郡的李氏家族，赵郡李氏是指来自赵郡的李氏家族。这两个李氏的祖上其实是一家，只是在繁衍过程中发展成了两个分支。

同理，我，崔九郎，出身于博陵崔氏，即"来自博陵的崔氏家族"。我们博陵崔氏跟清河崔氏祖上也是同一家。

之所以要给大家重点介绍五姓七望，是因为在隋唐时期，世族大家一直有着非常崇高的社会地位，我们唐朝更是一个讲究宗族背景的时代。假如你是唐朝人，并且你出生在五姓七望中的任何一个家族，那么恭喜你，你的起点已经比绝大多数人高了。出生在罗马，说的就是你！

当然，我可没有自夸的意思。大家现在应该能明白了吧，为什么这本书的作者要把我们崔家兄妹，王十一娘，李十一郎等这群"主角团"的人设做成"出身于五姓七望的公子小姐"？作者没有别的目的，而是在这里等着大家呢。这是为了更好地向大家介绍我们唐朝的世族大家啊。这是何等用心良苦啊，所以大家一定要认真记住。

请大家跟着我再重复一遍，加深记忆。唐朝的五姓七望是：陇西李氏、赵郡李氏、清河崔氏、博陵崔氏、范阳卢氏、荥阳郑氏、太原王氏。再来一遍……算了，大家在脑子里默念吧。

作为五姓七望的内部人员，接下来我要给大家揭秘这七个世家的情况。

陇西李氏，这一家族中最具代表性的成员是我们大唐的皇族。尽管后世学者对"李唐皇族究竟是不是出自陇西李氏"这一问题有争议，但不妨碍皇族以陇西李氏自居，毕竟，他们老李家的族谱的确可以追溯到十六国时期西凉国的开国君主——李暠，李暠正是陇西李氏族人。

暂且不论李唐皇族是不是出身于陇西李氏，我再给大家介绍一下出身于陇西李氏的其他唐朝名人。

唐传奇《霍小玉传》的男主角李益，他不是凭空杜撰的人物，历史上确有其人。故事的原型也叫李益，大历年间的进士，也是唐朝很有名的诗人。这位李益同学就出身于陇西李氏。

"锦瑟无端五十弦，一弦一柱思华年。庄生晓梦迷蝴蝶，望帝春心托杜鹃……"这首诗大家熟悉吧？不熟悉的人需要面壁了，因为这肯定是你们学校要求"熟读并背诵"的一首诗——李商隐的《锦瑟》。没错，唐朝著名诗人李商隐也是陇西李氏一族的。

哦对，还有我在国子监的同学李十一郎，他也是陇西李氏的。

赵郡李氏，和陇西李氏同源的另一支李氏家族，同样也是人才辈出。《隋唐演义》中的瓦岗寨起义军大家应该听说过，大名鼎鼎的秦叔宝和程咬金就是瓦岗寨的成员。瓦岗寨的领袖叫李密，出身于赵郡李氏。

唐宪宗时期的宰相李吉甫和他的儿子——唐文宗时期的宰相李德裕，这两位宰相是赵郡李氏的代表人物。差不多从唐宪宗时期开始，大唐的朝廷分成了两派：以李德裕为首的李党和以牛僧孺为首的牛党。这两派斗得你死我活，史称"牛李党争"。李德裕这人能耐吧？人家毕竟是唐朝著名政治家。

接下来介绍一下我的家族，博陵崔氏。我们崔家可是文学世家，出过很多大诗人呢。写"去年今日此门中，人面桃花相映红"的崔护是我们家族的；写"昔人已乘黄鹤去，此地空余黄鹤楼"的崔颢也是我们家族的，优不优秀？

除了诗人，我们博陵崔氏仅在唐朝就出过十六位宰相，宰相世家有没有？比如唐中宗时期的宰相崔湜，比如唐玄宗任命的宰相崔涣。大诗人李白曾经被下狱，写了一首《狱中上崔相涣》向崔涣求助。

清河崔氏，前面说过了，他们家族跟我们博陵崔氏同宗同源。清河崔氏也是个出宰相的大家族，在唐朝出过十二位宰相。在这一家族中，我要着重介绍初唐诗人崔融，他与苏味道、李峤、杜审言等四人齐名，合称为"文章四友"。杜审言是杜甫的爷爷，而崔融呢，坊间传言他是杜甫的外公，这一说法没有切实依据，有待考证。但杜甫的母亲确实出自清河崔氏，这一点不假。

范阳卢氏，宰相世家，不仅在唐朝出了不少宰相，到了宋朝还出过宰相。他们家族也出诗人，比如"初唐四杰"之一的卢照邻，

"大历十大才子"之一的卢纶；他们家族还出僧人，我们唐朝有名的高僧惠能，他俗家姓氏是卢，正是范阳卢氏。

荥阳郑氏，又一个宰相世家，在唐朝出过十二位宰相。不过，这些搞政治的人物你们大概率不认识，就不赘述了。不过从唐朝往后，再往后，荥阳郑氏的其中一支迁移到了闽南，这一支郑氏家族中出了一位了不起的大人物——郑成功。是的，就是收复台湾的那个郑成功。

太原王氏你们熟啊，老王家的诗人可以说是跟韭菜一样，出了一茬儿又一茬儿。写《相思》的大诗人王维；写"秦时明月汉时关，万里长征人未还"的王昌龄；写"羌笛何须怨杨柳，春风不度玉门关"的王之涣；写"葡萄美酒夜光杯，欲饮琵琶马上催"的王翰；写《滕王阁序》的才子王勃……一个赛一个地有名。

请大家记住太原王氏，让你们不断地"熟读并背诵全文"，这一大家子可是罪魁祸首。尤其是《滕王阁序》，那么长一篇文言文。写得实在太好了，不得不背诵全文。

你们可能会好奇，"五姓七望"这七个大世家在唐朝的地位有多高呢？这么说吧，我们唐朝的家族都以娶五姓女为荣。所以像我姐姐崔五娘，我妹妹崔十三娘，想来提亲求娶她们的人多得能踏破我们崔家的门槛呢。

值得一提的是，就连李唐皇族都忌惮"五姓七望"。大家族嘛，历来都有通婚的传统，李唐皇族为了防止五姓七望强强联合，势力坐大，干脆下令禁止他们通婚。因此，这些家族又被称为"禁婚家"。

举个例子来说，比如我妹妹的好朋友王十一娘，她是太原王氏，我是博陵崔氏，我们两家是不可以联姻的。就算我暗恋她，那也白搭。

除了五姓七望，唐朝还有一些名门望族，比如弘农杨氏。隋朝的皇帝就姓杨，弘农杨氏的"杨"。还有武则天的母亲荣国夫人，"初唐四杰"之一的杨炯，杜甫的妻子杨氏，白居易的夫人杨氏……以上这些人，都出自弘农杨氏。

再比如渤海高氏，这一家族的名人有诗人高适和唐初宰相高士廉等。高士廉是"凌烟阁二十四功臣"之一，也是长孙皇后（唐太宗皇后）和长孙无忌的亲舅舅。

此外，还有另一个宰相世家——河东裴氏，他们家在唐朝也出过十几位宰相，比较知名的有唐高祖时期的宰相裴寂、武则天时期的宰相裴炎。

我们唐朝还有其他的世族大家，就不一一介绍了。请大家重点记住来自"五姓七望"的这些名人，很多都是你们的历史考点哦。当然，也要记住我，博陵崔氏的崔九郎。

崔九的历史知识小课堂就到这里啦，感谢大家参加我们的"去唐朝住一年"之旅，希望大家在长安玩得开心快乐。有什么不懂的地方……问我也没用，把这本书往前翻，答案在书里。

小知识：

1. 《新唐书》记载："又诏后魏陇西李宝，太原王琼，荥阳郑温，范阳卢子迁、卢浑、卢辅，清河崔宗伯、崔元孙，前燕博陵崔懿，晋赵郡李楷，凡七姓十家，不得自为昏。"这里提到的七姓十家都是"五姓七望"中的家族，他们被唐高宗下令禁止通婚，因此又称"禁婚家"。

2. 敦煌莫高窟第130窟的壁画中有一幅唐朝供养人画像——《都督夫人礼佛图》，画作内容是唐朝太原王氏的女性家眷带着侍女礼佛的场景。画中身形画得最大的女子即都督夫人，她旁边有题字"都督夫人太原王氏一心供养"；紧跟在都督夫人身后的两名女子是她的女儿，题字为"女十一娘供养"和"女十三娘供养"。

3. 《贞观政要》记载了这么一件事：唐太宗曾让高士廉等人重修《氏族志》，高士廉等人将博陵崔氏列为第一等，太宗勃然大怒，将他们大骂一顿。最终，在太宗的授意下，高士廉等人将博陵崔氏列为第三等，排在第一和第二的分别是李唐皇族和皇后长孙氏一族。

番外三

杨二郎为大家介绍唐诗和诗人的朋友圈

盛世大唐，美丽长安。欢迎来到唐朝，今天就由我——大唐国子监监丞杨二郎，充当一天讲解员，为大家介绍我们这个文学的盛世。

既然大家都来到大唐了，那我必须送上唐朝最珍贵的礼物。没错，就是唐诗。要说唐朝，就得先说唐诗。我们都是炎黄子孙，华夏后裔，对唐诗想必都不陌生，今天我就不带大家背诗了，而是分门别类地给大家讲讲我们大唐的诗人们，还有他们的朋友圈。

首先登场的是唐朝初期的四位才子，请记住他们的外号：初唐四杰。这四杰分别是：王勃、杨炯、卢照邻、骆宾王。

王勃，出身于太原王氏的青年才俊。唐高宗永徽四年（653年），唐太宗的弟弟滕王李元婴在洪州主持修建了滕王阁。二十三年后，王勃途经洪州，在滕王阁偶遇一场宴会，写下了千古名篇《滕王阁序》。也是因为这篇文章，王勃声名鹊起，享誉后世。

请大家记住王勃的千古名句："落霞与孤鹜齐飞，秋水共长天一色。"

杨炯,我可以非常骄傲地告诉大家,他来自我的老本家"弘农杨氏"!他不仅是才子,还是位神童,十一岁那年就待制弘文馆了。所谓待制,你们可以理解为候补官,只要弘文馆有合适的职位空出来,他就有机会当官。唉,说来惭愧,我十一岁还在死记硬背四书五经呢,比不了比不了!

神童杨炯也有千古名句:"宁为百夫长,胜作一书生。"

卢照邻出身于范阳卢氏,他是王勃的朋友,也是药王孙思邈的半个徒弟。《新唐书》中有孙思邈向他传授养身之道的记载。不得不感叹,唐朝名人圈,还真是个圈。

卢照邻的代表作是《长安古意》,这首诗很长,就不赘述了,大家自己去读吧。

骆宾王,这一位大家应该熟悉,你们的启蒙诗"鹅鹅鹅,曲项向天歌"就是他写的。但是请不要误会,骆宾王不是一位王爷,他姓骆,叫宾王,是一个普通老百姓。

在我们大唐,骆宾王比"初唐四杰"中的另外三位有名多了。不是因为他更有才华,而是因为他胆子大。徐敬业跟武则天干仗,骆宾王为他写了一篇声讨武则天的檄文——《为徐敬业讨武曌檄》。你们说,他胆子大不大?这篇文章中有一句话特别激昂:"请看今日之域中,竟是谁家之天下!"武则天本人看了都忍不住夸骆宾王:人才啊!

接下来王炸要登场了,我们大唐最有名的两位诗人:诗仙李白,诗圣杜甫。他俩有个组合名,叫"大李杜"。你们那些"阅读并背诵全文"的诗词,大部分都是这两位写的,是不是对他们又爱又恨?

李白有多厉害呢?他一个人就可以干翻半个盛唐!这不是我说的,是你们后世著名学者余光中先生说的,他的原话是:(李白)绣口一吐，就半个盛唐。

至于李白的名篇，那可多了去了，什么《蜀道难》啊，《将进酒》啊，《行路难》啊……你们就慢慢背吧。也难怪杜甫说"李白斗酒诗百篇"，看来李白一生没少喝酒。

杜甫是李白的迷弟，但他和李白的写诗风格还是很不一样的。李白是浪漫主义，杜甫是现实主义。杜甫经历了安史之乱，记录了很多人间苦难，所以他的诗被称为"诗史"。尤其是他的"三吏三别"，你们记住了，要考的！三吏三别是：《新安吏》《石壕吏》《潼关吏》，《新婚别》《垂老别》《无家别》。

韩愈对这对王炸组合的评价是："李杜文章在，光焰万丈长。"

你问我韩愈是谁？"唐宋八大家"之首啊！别急，一会儿我们会说到他的。

先来说说李白的好朋友孟浩然吧。李白很崇拜孟浩然，还给他写了不少诗，比如那首著名的《黄鹤楼送孟浩然之广陵》，比如"吾爱孟夫子，风流天下闻"。

不过，孟浩然没有跟李白组合出道，他跟另外一位诗人他的朋友王维组队了。这俩人并称为"王孟"，都是盛唐山水田园诗派的代表人物。孟浩然也写过你们的启蒙诗："春眠不觉晓，处处闻啼鸟。"是不是很亲切呀？

王维和王勃是一个大家族的，太原王氏，他有个外号叫"诗佛"。王维是诗人，也是画家，苏轼评价他"诗中有画，画中有诗"。他的千古名句有很多，随便说一句，估计尽人皆知。比如"独在异乡为异客，每逢佳节倍思亲""劝君更尽一杯酒，西出阳关无故人""大漠孤烟直，长河落日圆"……还是那句话，慢慢背吧。

说完盛唐山水田园诗派，我们再来说说边塞派诗，这个派系的代表人物是高适和岑参,他们也有个组合,叫"高岑"。哦对了,高适和李白杜甫也是好朋友,还一起结伴旅行过。

高适是个非常励志的人物,小时候穷困潦倒,还乞讨过。可他五十多岁开始逆袭,成为了唐朝历史上唯一一位靠军功封侯的诗人,说他是大唐第一卷王也不为过。高适的代表作有很多,千古名句也不少,比如这句非常励志的:"莫愁前路无知己,天下谁人不识君。"

岑参,请允许我先念一句他的诗:"忽如一夜春风来,千树万树梨花开。"不过这句诗不是写梨花的,是写雪的,诗名叫《白雪歌送武判官归京》。岑参和高适一样,在边塞待过,也参过军,所以他们的诗大多描写边塞和军营。

除了这两位,边塞诗派另一位代表诗人是王昌龄。王昌龄是孟浩然的好朋友,孟浩然临死前最后一顿酒就是跟王昌龄喝的,看得出二人的友情很深呢。

王昌龄写七绝诗很厉害,他有个外号叫"七绝圣手",他的诗大多都很激昂,比如"但使龙城飞将在,不教胡马度阴山""黄沙百战穿金甲,不破楼兰终不还"。

前面我们提到了韩愈,为什么他能成为"唐宋八大家"之首?首先,唐宋八大家指的是唐朝和宋朝的八位散文大佬,不是指诗人。其次,韩愈是写散文的扛把子。他的文章,比如《马说》《师说》等,都是千古名篇,良言金句一抓一大把。当然,韩愈的诗也写得很不赖,说一首大家都会背的:"天街小雨润如酥,草色遥看近却无……"

"唐宋八大家"有六位都是宋朝的,唐朝只占了两位,除了韩愈,另一位是柳宗元。他俩是好朋友,各自被贬官时还写信互相吐槽当地的黑暗料理。这二人也有个组合,叫"韩柳"。

柳宗元的外号叫柳河东,他还有个别称叫柳柳州,因为他当官时被贬到了柳州。说到柳州,你们想到了什么?螺蛳粉对不对?相传这道美食的由来,就跟柳宗元有关。在被贬柳州之前,柳宗元先是被贬到了永州,著名的《捕蛇者说》就是写永州的。

作为诗人,柳宗元也给我们留下了绝句:"千山鸟飞绝,万径人踪灭。孤舟蓑笠翁,独钓寒江雪。"

和柳宗元一同被贬的另一个倒霉蛋诗人是刘禹锡,这俩是知交好友,组合名称叫"刘柳"。刘禹锡也是写诗的一把好手,他的名句有:"旧时王谢堂前燕,飞入寻常百姓家""晴空一鹤排云上,便引诗情到碧霄""沉舟侧畔千帆过,病树前头万木春"。最后一句是写给白居易的,没错,刘禹锡和白居易也是朋友。

白居易和杜甫一样,是现实主义诗人,他写过很多现实主义作品,像《卖炭翁》《琵琶行》,他还为唐玄宗和杨贵妃的爱情故事写了一首长诗——《长恨歌》。

我听说白居易的诗基本都很长,很难背,你们感到很惆怅?没办法,因为他和他的好朋友元稹一起倡导了"新乐府运动",而这些新乐府诗大部分都……都很长。

白居易和元稹这对好友当然也有组合名,叫"元白"。白居易的作品集叫《白氏长庆集》,元稹的叫《元氏长庆集》,好朋友手拉手,你有我也有。除了新乐府诗,元稹的悼亡诗也很有名,其中有一些是写给他第一任妻子韦丛的,比如:"曾经沧海难为水,除却巫山不是云。"

前面说到了李白和杜甫这对"大李杜"组合,有大就有小,"小李杜"指的是李商隐和杜牧。

我听你们当中有人说,李商隐的诗有个很大的特点:不知道他在写什么。很正常啊,人家写的那叫朦胧诗,他可是被称为"朦胧诗鼻祖"呢。我还听说，因为他写了一句"锦瑟无端五十弦"，有人考试题目都答错了，以为锦瑟有五十根弦，所以李商隐被挂上了热搜？哈哈哈哈。这真不怪李商隐，他是用了素女鼓瑟的典故，这题的答案是：二十五弦。不用谢我！

杜牧是非常了不起的人，人家不只会写诗，还注解过《孙子兵法》，说他是半个军事专家也不为过。他在唐诗上的代表作，一双手都数不过来，据说因为他写了"借问酒家何处有，牧童遥指杏花村"，你们后世还诞生了一款酒，叫杏花村酒。真是带货小能手啊。

我们大唐有名的诗人太多了，说得我口干舌燥，但也只能阐述九牛一毛，谁让我们大唐是诗人的盛世呢。男人能写诗，女人写诗写得好的也有不少，比如这四位，唐朝四大女诗人：薛涛、李季兰、鱼玄机、刘采春。

其中，鱼玄机和李季兰都是女道士，薛涛晚年也出家当了道士。看吧，我们唐朝就是这么不拘一格降人才，女道士也可以是大诗人。确切地说，唐朝各行各业都有诗人在。女宰相上官婉儿会写诗，一代女皇武则天也会写诗……唐朝会写诗的女人，一双手都数不过来。

可能有人会问，在你们大唐，是不是识字的人都会写诗？差不多吧，我们大唐是诗歌的沃土。在这里，诗歌不再是贵族子弟们的专属，不论是贵族还是平民，只要心中有诗，就能写诗，就可以流芳百世。

我是不是讲得有点多？其实我还没讲完呢……算了，就说这些吧。感谢大家参加我们的"去唐朝住一年"之旅，希望大家喜欢我们大唐，喜欢我们的土特产——唐诗。我是讲解员杨二郎，记得给我五星好评哦！

小知识：

1. 唐宋八大家是指唐朝和宋朝的八位散文家，分别是唐朝的韩愈、柳宗元，宋朝的"三苏"（苏洵、苏轼、苏辙）、王安石、欧阳修、曾巩。

2. 武则天读了骆宾王写的《为徐敬业讨武曌檄》，对他的才华十分肯定，说了句："宰相之过也。人有如此才，而使之流落不偶乎！"（出自《资治通鉴·唐纪》）这句话大致意思是：这是宰相的过失啊，有这样的人才，怎么能让他流落民间得不到重用呢！

3. 边塞派诗人除了高适、岑参、王昌龄，还有王之涣和王翰，二人都写过《凉州词》，且都是名篇。

附录

唐西京长安城布局图

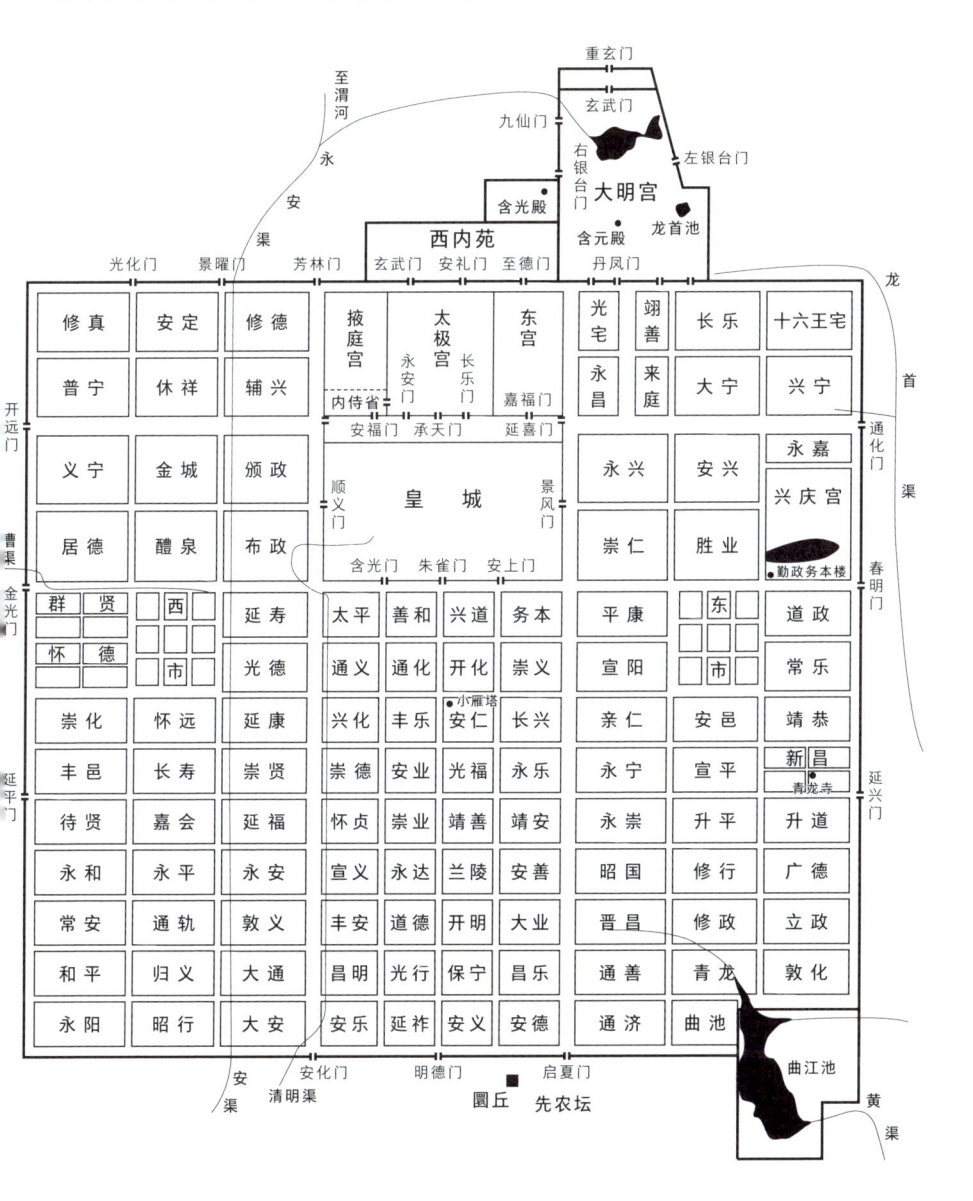